随心琐语

孙建华 · 著

作家出版社

感悟

·推荐语·

读完帽子哥的这本书，我想到了电视剧《天道》里有句著名对白：

看到迷惑颠倒才是众生相，把真相颠倒过来就是如是观。

其实绝大多数人都把人生过反了，我们从两个层面举例探讨一下：

首先是生活层面，孩子们应该多玩，却在拼命地学习；中年人该积累沉淀，却在躺平摆蛋，老年人该修身养性，却不甘寂寞。我们人从小到大，全把日子过过反了。

其次是认知层面，绝大多数人的认知也都是反的，比如人在年轻一无所有的时候，应该胆大妄为，一旦有了成就，应该如履薄冰。而现在大多数年轻人，都会因为贫穷而自卑，等他们哪天一旦成功了，就去作威作福去了。

有句话叫：真理永远掌握在少数人手里。也就是说绝大多数人坚持的看法或者活法都是违背真理的，甚至是荒谬的。帽子哥的这本《随心琐语》，就纠偏了很多被大众误读的概念，确切地说是大众的偏见、执念。

也许每个人在出生之前，都被上天施了“障眼法”，这个障眼法不仅让我们看不到真相，还要颠倒地活。绝大多数人一生都活在自以为是里，执迷不悟里。

叔本华说：世界上最大的监狱，就是人的思维。每个人都活在自己的世界里，都在用自己的认知、经验去判断世界，都喜欢把自己的视野边界当成是世界的边界。人生最难突破的就是这座思维的牢笼。

如果你只关注自己选择的领域，如果你只拥有某一种信息源，如果你只接受自己舒服的事物。久而久之，你便会像蚕一样，将自己桎梏于这座思维茧房里，看不清真相，颠倒着生活却还不自知。

尤其是短视频时代，大多人都活在这种“信息茧房”里。社会越发达，人们越容易陷入这种自我封闭。

这就是卢梭说的“人人生而自由，却无处不在枷锁之中”。

《道德经》里说：反者道之动。意思是，如果我们的行为跟大众的行为是相反的，往往是顺应天道的。但是要想做到不随大流、不从众、不人云亦云，这需要极大的勇气。

罗素说：世界最大的麻烦，莫过于傻瓜和狂热分子对自我和世界总是如此肯定，而智者却总是充满了疑惑，总是在审视。

《金刚经》里有两句话：

第一句：凡所有相，皆是虚妄。若见诸相非相，即见如来。意思是，一切我们用眼睛直接看到的现象，都只是表象，是我们内心深处的虚设，如果你能从各种表象背后看到本质，你就开悟了。

第二句：一切有为法，如梦幻泡影，如露亦如电，应作如是观。意思是：一切被我们表述出来的方法，都不是永恒的方法，就像露水和闪电一样，随时都会破灭，我们应该抓住方法背后的本质。

永远保持独立思考，永远不被带偏，永远追求真理，是我们能够活出自我的根本。

人生最大的悲哀，由于教育的先入为主，使我们过早地形成了“小认知闭环”，并且被紧紧地禁锢其中，思维被彻底封锁。

人生最大的幸运，是遇到了那么一个人或一本书，让我们清醒地看到了自己“小认知闭环”的局限，从而往外突破，组建全新的“大认知闭环”。

《随心琐语》就是这样一本书，它的观点看似琐碎却又周密，雨点般地砸在我们心上，让我们保持清醒。

畅销书作家 水木然

2023 年 3 月 12 日

·前言·

大学的时候，我比较喜欢读《培根随笔》，工作以后，也喜欢看看周国平的书、德鲁克的书，另外，稻盛和夫和松下幸之助的书也给了我不少启发，《道德经》和《素书》等中国经典也让我受益匪浅。我喜欢一些哲理性的思考，也喜欢去感悟、去总结。好在养成了随时记录的习惯，也就有了这些积累。

我相信，经过了时间的沉淀，这些积累早已融入了我的血液与骨髓，甚至已经成为我人生的一部分。今日，它们有幸凝聚成字，汇集成书，来到各位面前。

有人说，挫折、艰难、痛苦能产生哲学思考，我虽然没有那么多挫折和痛苦，但无论是思想还是理念或是感悟一定是在特别的时候孕育的。因为有激动兴奋的时刻，有难过悲伤的阶段，也就有了这些点点滴滴的记录。

也许有些理念并不能被理解、被认同，但只要能启发思考或是能有部分共鸣，则也算是我的价值所在。

孙建华（帽子哥）

2023 年 3 月 1 日于江苏南通

CHAPTER 01

·理念·

利润不是经营的目标，

而是服务好客户的结果。

01

· 利润不是企业经营的目标 ·

企业经营的目标不是利润，这是我创业26年来的核心理念。我创业的时候虽然不是为了钱，但为了活下去，我每个月都会去算账，但是算来算去，总觉得钱怎么来得这么慢？后来我想，我创业的初衷不就是为了让客户每次都能获得惊喜吗？所以，我开始竭尽全力地服务好客户，让客户感受到便利，让客户感受到我们的高效，让客户感受到我们的贴心。我再也没有时间去计算赚了多少钱，等我回过头来看报表的时候，才发现，我怎么赚了这么多钱？从此，我深深地意识到：利润不是经营的目标，而是服务好客户的结果。后来在这个基础上，我们又做了提升：利润不是经营的目标，而是经营好人心的结果。这个“心”就是指员工的心、客户的心、供应商的心，还有一切代表社会力量的心。

02

· CEO 新解 ·

经常有人提起 CEO 这个词，中文翻译是“首席执行官”，我总觉得不够准确。我对此有不一样的解读，我觉得 CEO 应该与赋能密不可分。据了解，“赋能”这个词是 2008 年阿里巴巴的战略顾问曾鸣提出来的。“赋能”有人用英文“enable”，意为使之有能力，我认为未尽其意。我认为“首席赋能官”才是对 CEO 最好的解读：C 代表 chief（最高领导人，首席），也可代表 coaching（教授技能，使之有能力），还可以代表 control（控制）；E 代表 encourage（激励），当然也可以理解为 enable（使之能）或者 empower（授权）或者 entrust（因信任而托付）。所以，我认为真正的 CEO 应该叫“首席赋能官”。

03

· 企业发展太快不是好事 ·

为什么说企业发展太快不是好事儿？因为企业发展就和开车一样，速度太慢，容易被超车；速度太快，容易翻车。企业的发展，必须在掌控之中，太快或者太慢都不是好事儿，因为“太”就意味着过度和意外，而意外就意味着失控。一家企业良好的状态，应该是一切的发展按照自己的节奏，不能有太多的surprise，无论是快了还是慢了。该快则快，该慢则慢，指哪儿打哪儿，一切尽在掌控中，这才是企业应有的节奏。

04

· 客户不一定都是上帝 ·

在很多人的眼里，客户就是上帝，但我一直说客户不一定都是上帝。我们不妨想想看，如果客户是上帝，那么谁敢违反客户的旨意、上帝的旨意？其实视客户为上帝的，是一种无奈之举。说得严重一点，就是不自信、没底气。视客户为上帝的人，每天都诚惶诚恐，唯恐失掉客户，太在意客户，所以没有自我，也没有主动权，没有发言权，自己也没有什么乐趣可言。我相信世界上比较大的品牌应该是最懂得服务之道的，如果把客户当上帝，他们会让上帝在门口排长队吗？也许一部分在里面的成了上帝，而在外面排队的，就是等着去当上帝。但对于这些即将成为上帝的，也没见给他们送杯水，或准备一张休息的椅子，雨天更没有看见谁给他们送把雨伞。到底谁是上帝？看来只有努力把自己打造成上帝，别人就是子民，把别人当成上帝，自己就是子民。我们提倡不把客户当上帝，不等于不尊重客户，而是提倡更专业化地为客户服务，让客户依赖我们、信任我们，从而产生良好的互动交流，这样才能把事情第一时间一次性做好，真正让客户放心、省心，这才是客户真正要的。如果乔布斯当初把客户当上帝，就没有现在的触屏手机；如果福特把客户当上帝，人类就可能还停留在马车时代。而真正的上帝应该是自己内心的深层次欲望，而这个欲望是对人性的深层次的解读和理解，从而推己及人，“己所欲，施于人”“己所欲，慎施于人”。开发极致产品，唤醒客户内在的欲望，并不断满足，这才是真正的客户之道。把客户当上帝，是一味地去满足，不把客户当上帝，是专业化地去服务，是超出客户预期，让客户依赖，让客户感动，让客户惊讶。这才是我理解的“客户不一定都是上帝”。

真正的驱动力不是技术，

而是伟大的梦想。

05

· 收效甚微的 SWOT 分析 ·

SWOT 分析是美国旧金山大学海因茨维里克在上个世纪 80 年代提出来的，一般用于创业之前或者新项目启动前的分析。但仔细想想，这个分析能起到的作用却微乎其微。这样的说法，可能会遭到很多管理学教授的抨击，因为他们已经按照这个讲了好多年，要让他们否定自己，确实很难。我以自身为例来说明，当初我创业的时候，什么也没有，只有满腔的热血和充沛的精力。马云创业的时候也是从 0 到 1，没有任何优势，只有“让天下没有难做的生意”的使命和梦想。正如他所言，“真正的驱动力不是技术，而是伟大的梦想。”马斯克创业的时候，依然是什么优势也没有，而且机会渺茫，风险太大。如果按照 SWOT 分析，他的火箭项目不可能成功，但驱使他的是伟大的使命。教授讲课的时候提到工具都会用到 SWOT 分析，但是在总结成功要素的时候，SWOT 分析里的要素却一个都不在里面。因为真正想要成功，首先要解决的是一个痛点，从内心深层次的需求，是解决问题，是对未来的好奇，是实现目标的伟大决心和毅力。而这一切与 SWOT 分析中的优势、劣势、机会、威胁一个也不沾边。所以，如果你真的想成就伟大的事业，就不要考虑 SWOT 分析，因为伟大的事业不是靠分析出来的，一旦分析只会成为泼在你头上的冷水，让伟大的梦想变得渺茫。

06

·为什么说创业的使命如此重要·

为什么说创业的使命非常重要？微软的使命是使全球每一个人、每一个组织成就不凡；苹果是做最好的产品丰富人们的生活；IBM 带动人类的进步；优衣库柳井正说过，以服装的力量让世界更美好；阿里巴巴的使命是，让天下没有难做的生意。公司和个人一样，为解决问题而生存，不能解决问题的，就没有存在的价值。能解决世界级问题的就有可能成为世界级的企业，而解决区域性问题的只能是区域级的企业，使命决定了企业的未来和规模。

07

·同行不是冤家·

我做帽子这一行三十多年，有一个感悟，“同行不是冤家。”特别是在展会上，每次遇到同行时，我都很兴奋，觉得要多交朋友，多认识一些人，因为我觉得同行间最能互相帮助。每次去展会我都会说，“我也是做帽子的。”当然，偶尔也会遇到有人说，“你别来看，同行不要来看！”我说，“我们摊位在那儿，欢迎你来看。”对方却说，“我不会看你的，你也别来看我的。”我觉得这人怎么这么奇怪，且这样奇怪的人并不是少数。其实，同行是最能互相帮助的，为什么这么保守呢？我的做法完全不一样，二十多年来，每次参加交易会时，我都是鼓励他们拍照、参观，即便同行到我们公司来，我也是鼓励他们拍照，对方有时候也不好意思，我就直接表示，“你们拍照没关系的。”有人问我，“你不怕别人抄袭吗？”我认为，最好的创意在脑子里，最好的创意也在未来，所以我从不担心别人来抄我的。

当其他家公司到你的公司来学习时，假如每家公司学 10%，那么当十家公司都向我敞开大门的时候，我相信我也能从每一家公司学到 10%，那么十家我就学了 100%。这个道理很简单，何况对于大多数企业来说，我们做帽子的企业连全球份额的 1% 都不到，为什么不团结起来把这个行业做强做大呢？

让自己优秀，

这样才会有被选择的可能，

而一旦被选择的可能性多了，

就反过来有了选择权。

08

· 从被选择到有选择权 ·

有句成语叫“饥不择食”，形容饥饿无比才会不择食。换句话说，如果只有一个品种，就没有选择，再饿也得吃。在工作中，我们心中的高端优质客户，当然是价格好、付款及时、沟通顺畅，而非优质客户大多价格低、付款拖拉、吹毛求疵、无理取闹。

在我们没有能力开发高端优质客户的时候，为了生存，非优质客户也是客户，但服务起来提心吊胆，工作没有乐趣。为了获取优质的客户，只有不断开发，不断权衡比较，并不断迭代，才有可能拥有更好的客户。

那么，拥有优质的客户靠什么呢？靠自己更专业的服务、更好的产品质量、更快的创新速度。当我们只有一个客户时，再无理，你也得围着他转，而当我们有 100 个客户时，再优质，我们也只能选择一部分重点去沟通。所以，我们需要做的是让自己优秀，这样才会有被选择的可能，而一旦被选择的可能性多了，就反过来有了选择权。

大而不强，就是虚胖。

09

· 为什么好多企业大而不强？ ·

世界五百强，其实不是五百强，只是世界五百大而已。

几乎所有的媒体和宣传机构传播的都是做大做强的概念，却不思考做大做强和做强做大哪个更合逻辑、哪个更靠谱。大多数人往往会把脂肪当肌肉、把重量当力量。在我看来，做大的基础是做强，只有做强了，进而做大了，才是强大！大而不强，就是虚胖。

CHAPTER 02

·思维·

01
· 喜欢源于责任 ·

在一般人眼里，帽子似乎是女人的专属，至少也得是精致男人的专属。所以很多人都好奇，像我这样一个粗糙的男人怎么会喜欢帽子？就如同男人做妇产科医生一样，有点反差。我学的是国际贸易，1988年大学毕业后，因为在实习期间多次出色地完成了翻译任务，被一家外贸公司录取了。那时候进外贸公司很难，像我这样没有后台背景的普通大学生，能够进去可以说是破格录取了。因为表现优秀，我被外派到南京学做帽子业务。我的师傅姓谢，是一名退伍军人，他非常优秀。由于我积极主动向他要了一个客户来负责，师傅一直很帮我。我做事很有责任心，怕做不好丢面子，所以会尽我所能把事情做好，让客户放心、省心、开心。由于客户的不断认可，我越做越好，不断给客户惊喜，那种成就感让我越来越喜欢自己所做的事。所以，对我而言，喜欢是源于责任，尽全力把事情做好，不能给国人丢脸的责任。

02

· 医生与业务员 ·

我曾在医院听到过一段对话，是一位病人家属来电，疑问“为什么胸部疾病要在颈部动手术？”“是不是医生误诊成甲亢了？”我是外行，听不懂这些病症之间的内在联系，但从对话中，我领悟到医生这一职业的审慎意识至关重要，由此想到了我们的业务员。业务员其实也和医生一样，业务员接到一个订单，就如同医生接到一个病人。业务员的知识面和职业素养决定了处理订单的结果，而医生的临床经验和职业操守则决定了病人的命运。一个公司有优秀的、经验丰富的业务员，也有缺乏责任心的、初出茅庐的业务员，医院有技术高超的专家，也有只知道挂水、打抗生素的小医生。企业有让客户不满意也不恼怒的业务员，而医院也有对病人的健康无功也无过的医生。任何一个医生都不可能既是全才又是专才，一个业务员也不可能对各个门类样样精通。所以医院有会诊制度，而企业则需要头脑风暴。业务员做砸了订单，只是损失了金钱和信用，而医生开错了药方、误诊了，就可能会葬送一条生命。医生理应是一个神圣的职业，它的神圣在于减轻病痛和挽救生命，业务员也应该是一个神圣的职业，它的神圣在于让客户放心，维护企业的信用和形象。

03

· 老板要感谢离职的员工 ·

感谢离职的员工，并不是要鼓励员工离职，因为员工的主动离职，特别是工作了多年的员工离职，对公司来说实在是一大损失。公司的发展过程是经营者的成长过程，也是经营者内心不断修炼和反省的过程。每次有员工离职，我都会反省自己哪方面做得欠妥。是风气氛围，还是薪资待遇；是工作的成就感不足，还是对未来缺乏信心；是流程不畅，还是缺乏关爱；是英雄无用武之地，还是力不从心。每次有重要的员工离职，我作为一家之主一定会反省，我相信作为离职员工的部门负责人也会反省。正是这一次次的反省、一次次的改善，才有了我们的今天。

04

· 企业真正的危机 ·

疫情三年，危机三年，到底什么才是真正的危机？真正的危机不是危机本身，而在于我们自身，在于自身斗志的丧失。任何时代，都有企业在成长，有企业在倒闭，倒闭的企业不是因为客观环境，而是因为自身。因为自身不学习，所以迷茫；因为自己不修炼，所以没有格局；因为自己不创新，所以没有主动权；因为自身不关注外面的变化，所以不知不觉，没有危机感。真正的危机是缺乏激情，缺乏斗志，缺乏对未来成功的期待和信念。一个激情四射的团队，一个燃烧斗志的团队，怎会干不出激动人心的事业？任何一个寻找外部影响因素的人，都是在为未来可能的失败准备借口。

忙不忙不是时间问题，而是重要不重要的问题。

人浮于事，就会无事生非。

05
·谈“忙”·

忙不忙不是时间问题，而是重要不重要的问题。比如，明天晚上有朋友请你吃饭，你答应了，但过了一会儿，领导通知你，明天有个很重要的会议需要你参加，那么你的第一个承诺就得改时间了。因为这两个安排中，取舍的依据是“什么更重要”。我们每个人的一生中都面临着许多选择，事无巨细，统统包揽，当然忙。有所为，有所不为，方可从容淡定。忙是好事，说明自己有用，太忙就是坏事，说明自己难以掌控，或者太把自己当回事儿。主动忙是自驱力，被动忙是一种无奈，往往没有乐趣。

人真忙起来，根本没有太多复杂的情绪，而一旦闲下来，人浮于事，就会无事生非，把鸡毛蒜皮当回事儿。当然，忙也好，闲也好，如果不创造价值，一切都毫无意义。

06

· 聪明与智慧 ·

聪明和智慧看起来相似，但本质完全不同。

聪明人知道自己能做什么，而智慧的人则知道自己不能做什么；

聪明是一种能力，而智慧则是一种境界；

聪明的人善于得到，而智慧的人善于放弃；

聪明的人成就自己，而智慧的人成就别人；

聪明的人喜欢说，而智慧的人善于听；

聪明的人改变别人，而智慧的人顺其自然；

聪明的人小我当头，而智慧的人大我为先；

聪明的人有知识，而智慧的人有文化；

聪明的人黑白分明，而智慧的人中庸之道；

聪明是志在必得，而智慧则是厚德载物。

07

·被颠倒的因果关系·

不是因为谦让才会有爱，而是因为有爱才会谦让；

不是因为有美的容貌才会有美的灵魂，而是因为有美的灵魂才会有更美的容貌；

不是因为有自驱力你才会有好奇心，而是因为有好奇心你才会有自驱力；

不是因为成功了才会有欲望，而是因为有了欲望才可能成功；

不是因为员工有成长才需要你授权放手，而是因为授权放手才会让员工有成长；

不是因为有了好老婆才会去奋斗，而是因为奋斗了才会有好老婆；

不是因为你没有希望才萎靡不振，而是因为你萎靡不振才会没有希望；

不是因为你遭人唾弃才会变得消极被动，而是因为你消极被动，才会遭人唾弃；

不是因为有了希望才坚持，而是因为坚持了才有希望；

巨大的成功是因为有所放弃，而不是因为没有放弃；

人生的目标也不是追求成功，而是首先追求让自己变得优秀。

08

· 学习和存钱哪个更重要？ ·

日本有本杂志对 55 到 70 岁的 1000 个人做了一个调查，在问他们对什么事后悔的时候：排名第一的是，如果我能多存点钱就好了；排名第二的是，多学点东西就好了。在我看来，这里面的因果关系被颠倒了。事实是，多存点钱是结果，而多学点东西是前提。一个不学习的人，怎么可能拥有成功的人生？当然也不可能多存点钱。正如哲学家周国平先生所说，“首先让自己优秀，成功只是优秀的结果。”

09
· 如何变通 ·

我从喝水这件小事上就能看出美国人与中国人在文化上的区别。经常到美国出差的人都知道，美国的咖啡馆要么提供 ice water（冰水），要么提供 hot water（热水）。hot water（热水）就相当于 boiled water（开水），热到滚烫。而大多数中国人偏偏喜欢 warm water(温水)。有一次，我在美国的机场问服务员，"Do you have warm water？"（有温水吗？）他回答说，"No！"于是我问他，"Do you have hot water？"（有热水吗？）回答，"Yes！"我拿到了 hot water 后问他，"Do you have ice？"（有冰块吗？）回答"Yes！"我说，"Put ice into the hot water！ This is warm water！"（把冰块放进开水，就是温水了！）服务员一脸懵，就这样，我得到了我的温水。

10

· 问题的真相 ·

我们经常会碰到很多问题，而这些问题很多时候只是表象，真相往往藏在背后。

有没有时间不是时间的问题，而是重要不重要的问题；

价格高不高不是价格的问题，而是你喜欢不喜欢的问题；

有没有人才不是人才的问题，而是企业有没有吸引力的问题；

企业盈不盈利不是盈利的问题，而是能不能创造价值的问题；

有没有一见钟情也不是情的问题，而是在我心目中你美不美的问题；

事情好不好办不是难度问题，而是关系到不到位的问题；

有没有钱不是钱的问题，而是你愿意把有限的资金花在哪里的问题；

能不能喝酒，不是酒量的问题，而是你高兴不高兴的问题；

记不记得住不是记忆力的问题，而是你把不把它当回事儿的问题；

会不会不是技能的问题，而是你想不想去学的问题。

11
·时间花在哪里，成就就在哪里·

时间可以成就一切的可能。

时间可能会成就一位艺术家，如果你愿意花大半辈子的时间保持真性情；

时间可能会成就一位作家，如果你愿意花半辈子的时间笔耕不辍；

时间可能会成就一位冠军，如果你愿意花十年、二十年的时间付出不亚于任何人的努力；

时间可能会成就一位哲学家，如果你愿意花一辈子的时间思考人生；

时间可能会成就一名中医，如果你愿意花一辈子的时间去研究、总结、实践；

时间可能会成就一家优秀的企业，如果你愿意不断地用心经营，创造价值；

时间可能会造就一座博物馆，如果你愿意花一生的心血收藏、研究。

时间等于一切可能，时间花在哪里，成就就在哪里。任何一个细分品类，只要能将心注入，坚持十年、二十年、三十年，终有所成。

12

·如果我是一件产品，别人的体验如何？·

如果我是一件产品，别人的体验如何？

第一，我是不是很靠谱，让朋友在有需求的时候，第一时间能想到我；

第二，我是不是很便利，让朋友在需要我帮助的时候，随时能找到我，而且我还毫无怨言、乐此不疲；

第三，我是不是很安全，让朋友跟我交往的时候放心笃定、没有顾虑；

第四，我是不是让人感到轻松，让人跟我相处的时候没有心理负担；

第五，我是不是有独特的亮点和价值，让朋友因为认识我而感到自豪；

第六，我是不是干净利索，让别人感觉办事不拖泥带水；

第七，我是不是温文尔雅，具备让人舒心的能力；

第八，我是不是能有灵魂的共鸣，能心有灵犀一点通；

第九，我是不是很有主见，能在朋友纠结的时候，为他指点迷津。

13

·你真的知“道”吗？·

“知道”是个再平常不过的词了，可很少有人知道“知道”的含义，说“知道”的人太轻率了。“道可道，非常道”，“道”是说不清、道不明的。苏格拉底说，“我唯一知道的，就是我一无所知。”他看得很明白！对于什么都说“知道”的人，往往有点自以为是，他们看似有脑袋，实则没脑袋，自然也不会有口袋。关于“知道”，管子说，“通晓天地之道，深明人世之理。闻一言以贯万物，谓之知道。”孙膑兵法也说，“知道者，上知天之道，下知地之理，内得其民之心，外知敌之情。”可见，知“道”不易，天之道，也真的只有天知“道”！

低调的前提是，能够高调。

14

· 觉知清醒？ ·

难得糊涂的前提是，能够清醒；

低调的前提是，能够高调；

回归平淡的前提是，有过轰轰烈烈；

对钱不感兴趣的前提是，不缺钱；

岁月静好的前提是，体验过惊涛骇浪；

大智若愚的前提是，自己本身就是一个智者；

看山还是山、看水还是水的前提是，经历过千山万水；

生活中能有诗和远方的前提是，得经历过多少苟且；

“世界那么大，我想去看看”的前提是，充盈的口袋；

拒绝机会的前提是，有太多的机会；

能做减法的前提是，有太多的选择；

不在乎结果的前提是，能承受任何结果。

15

· 人生观察 ·

执着与固执：坚持干一件事情，成功了叫执着；坚持干一件事，失败了叫固执。

低调与高调：说低调得有资格！因为低调的前提是，能够高调！

情调与调情：情调是一种适合调情的氛围和调性，调情是男女双方互生欢喜，是期待亲密接触的挑逗。

神话与笑话：本以为可以成为神话，因为失败成了笑话；当初被别人当作笑话，因为成功就成了神话。神话不可能成为笑话，笑话可能成为神话。

浪费与浪漫：结婚前的浪费叫浪漫，结婚后的浪漫叫浪费。与自己人的浪漫往往被自己人当作是浪费，与别人的浪费，往往被别人当作是浪漫。

风流与下流：干同一件不入流的事情，层级高、有文化的人叫风流，层级低、没文化的叫下流。

内因与外因：如果孩子生下来像父亲，那是遗传，属于内因！如果孩子生下来像“隔壁老王”，那是环境，属于外因！

16

· 凡事不走极端 ·

有些人遇到了一些人和事，就改变了认知，从此不敢再轻易相信了。不轻易相信是对的，但任何事情都不能走极端。

一个人被怀疑并不可怕，可怕的是再也没有信任；

一个人遇到恶毒并不可怕，可怕的是不再相信善良；

一个人遇到欺骗也不可怕，可怕的是不再相信真诚；

一个人遇到丑恶也不可怕，可怕的是不再相信世间美好；

一个人遇到腐败并不可怕，可怕的是不再相信纯洁和正直；

一个人遇到一个不好的时代并不可怕，可怕的是选择躺平没有积累；

一个人贫穷并不可怕，可怕的是丧失斗志；

一个人遇到寒冬并不可怕，可怕的是他不再相信春天还会来临；

一个人遇到黑暗并不可怕，可怕的是不再相信光明。

17

· 不要追求稳定的生活 ·

稳定的生活不是追求得来的，它是一种结果，就如同财富，也不是追求得来的，而是奋斗拼搏的结果。

假如稳定的生活是一种成功，那么成功也不是我们追求的，因为成功也是一种结果，我们追求的应该是首先让自己优秀。同样，稳定的生活也是因为年轻时漂泊不定、颠沛流离；高楼大厦之所以能够稳定，也是因为打地基的时候不停地振动、夯实的基础。动静方能平衡，动静才是中庸，中庸方能持久，动态平衡才是真正的稳定。变革是动态，而变革又是为了更好的稳定。“白毛浮绿水”的悠然，正是因为“红掌拨清波”的辛劳。

18

·时间不是最贵的，可以买卖·

都说时间是最宝贵的，但“一寸光阴一寸金”又给时间标注了价格，真正宝贵的东西是金钱买不到的，比如忠心、忠贞、健康。既然时间有价格，那么就是可以买卖的，为什么我们不用廉价的金钱去购买最宝贵的时间呢？时间在不同人的身上有不同的价值，有的人一个小时只值10块钱，有的人一个小时值1万块。那么，时间价值1万块的人为何要干一个小时10块钱的事儿呢？用人其实就是在购买别人的劳动时间。有人说，月薪8千的人怎么用得起月薪5千的家政呢？这个就是思维问题。不是因为富有了才用家政，而是因为有了家政才可能会让自己更富有，因为你只有从繁重的家务事中解脱出来，才能拥有更多的时间学习与提升自己。所以，最会赚钱的人一定是善于购买别人时间的人。如果你用一个人的时间好比是“零售”，那么你用一群人的时间就相当于“批发”，这个道理再简单不过了。

19

· 高认知的人有什么特点 ·

如果说一个人认知高，那可是一个非常高的评价。认知高的人有敬畏心，知道山外有山、天外有天，所以不会走极端。他们不会断然否定，也不会轻易接纳。他们不会轻易下结论，他们有见识、有分寸、有深度、有广度、有高度、有智慧，他们不会狂言狂语，他们不说绝对的话，不会说“我从来不”“我再也不会”“我敢肯定”“我绝对相信”这类绝对化字眼，而是善于用“也许”“大致”“看情况”等显得很中庸的文字，但正是这样的中庸，显得成熟，显现出无穷的智慧。所以，认知高的人一定是有智慧的、不走极端的。

20

· 命运能不能改变？ ·

有人说，命运是可以改变的，比如说心想事成。也有人端了“一碗鸡汤”说，没有什么是不可能的，只要努力。可是，你决心再大，能换掉父母吗？换不了，这就是命！有人说，命运不可改变。子夏说，“死生有命，富贵在天。”似乎一切都是上天注定，但这又太过消极了，也违背了中庸之道。什么是命？什么是运？命是先天本性，与生俱来的；运是穷通变化，后天可修的。在我看来，经过努力而不能改变的叫命，通过努力能改变的叫运。你的父母生了你，你生在这个家庭就是命，因为这是你无论怎么努力也无法改变的。而后天的一切几乎都是可以改变的，因为你的价值观、你的努力程度决定了你未来的成就，不同的成就决定了你未来进入不同的圈子，你的为人也决定了你的圈子的质量。命是自然的选择，而运是外力的加持。至于外力有没有加持，又如何加持，这取决于因。因就是你的动机。如果动机至纯，私心了无，那么多半好运；如果蝇营狗苟，利欲熏心，那么多半命运多舛。并不是一切都由上天注定，老天定命，但不定运，老天虽不定运，但定因果。命是天生注定的，运却取决于因。所以，决定命运的有两个因素，一个是老天，一个是因果。

21

· 人生在于选择 ·

说创业不是为了钱，你一定不信！但为了钱的大多不会成功，这却是事实。1996 年 3 月，我创业了。创业的初衷不是为了赚钱，而是为了实现自己的想法。当一个人有好多想法得不到实现时，是很痛苦的，你是不是也有这样的感觉？所以，每当我想到那些金点子在未来可能实现的时候，我往往会热血沸腾。现在回过头来想想，创业的初衷真的很重要，是为了钱还是为了解决问题，还是什么伟大的使命？不同的初心，造就不同的事业。当然，没有钱活不下去，但是仅仅为了钱，又活不长久。人生就是在做选择，在选择中把握平衡。

22

· 工厂思维难做好品牌 ·

说到品牌，我不得不说亏了两千多万才汲取的教训。早在 2008 年，我们就开始做品牌运营，那时候做网络销售其实并不算做什么品牌，只是卖一些牌子的帽子，做得比别人更用心而已。之所以做得好是因为内部团队我几乎不管。但定位高的品牌，卖得并不是很好，一直在亏损，后来我发现问题就是因为我在管。因为我是从贸易开始，再到工厂，再做品牌的。一般做工厂的很难做好品牌，因为工厂是成本思维、产品思维，而品牌呢？则是营销思维。这是两个完全不同的思维方式，实现跨越转换很难，这或许就是做工厂的老板做品牌很难成功的原因。

23
·格局决定结局·

多年前，我有幸参观一家知名企业的博物馆。参观一家企业的博物馆或者发展史陈列馆，本是一件非常开心的事情，可当时全程都不允许拍照。我一般不看好不让拍照的企业，除了是技术诀窍或者机密的地方，我也能理解，比较担心别人会抄袭、模仿你的企业，而这种做法也恰恰说明了这家企业对未来缺少创新、缺乏信心。一家对未来缺乏创新、没有信心的企业，怎么能赢得未来？事实证明，这家知名企业近几年的发展确实不太乐观。说到底就在于文化心胸与格局，有没有格局决定了结局。

24

·一流思维，成就一流事业·

近代民族实业家张謇先生说过，“办一省之事，要有一国之眼光；办一国之事，要有世界之眼光。”任何一个人做任何事情，只要具备一流的思维，一般不会太差。我曾经指导过公司中高层管理者当众演讲，他们从来没有过演讲经历，也最怕在公开场合讲话。我告诉他们，“找一流演讲者的视频，然后分析他们的动作、语言，分析一流演讲的文案，分析文案的特点、语言、节奏，反复练习 50 到 100 遍，再看结果。”结果可想而知，出乎意料的精彩。一个人一旦具备了一流的思维并愿意付出努力，再差也差不到三流。如果把自己定位成二流，就永远与一流无缘，最多也只能是三流。

25

· 商业上最成功的人在读什么书？ ·

在这个时代，成功的人不少，但非常成功的人不多，像 Space X 的马斯克、苹果的库克、facebook 的扎克伯格、《从 0 到 1》的作者彼得蒂尔、腾讯的马化腾、字节跳动的张一鸣，都属于这个时代里成功的巨人。他们都有一个共同点：喜欢读书。读什么书呢？读哲学、读历史、读传记，还有科幻。为什么读哲学？因为读哲学的人看问题有高度，能客观辩证，不会走极端。为什么读历史？因为读历史能让自己的眼光更长远，认识事物的发展规律，不会被眼前的狂热所蒙蔽。历史也是了解周期最好的方式，历史本身就是一个大数据。为什么读传记？因为读传记可以学会巨人的思维方式。有人说“细节决定成败”，读传记可以让我们了解到名人、巨人在生活和工作决策时的细节，让我们了解到巨人也是一个活生生的人，而不是神。读传记能激发斗志，让自己快速成长。为什么读科幻？马斯克和马化腾都喜欢科幻，他们认为读科幻可以突破常规的束缚，产生各种各样的奇思妙想，最终希望让科幻不再是科幻。

26

· 好奇心是成为巨人的必备特质 ·

成为巨人的共同特质就三个字，“好奇心”。为什么是好奇心？因为好奇心代表了激情，代表了求知的欲望。我最近读了原清华管理学院院长钱颖一的对话录，这是一本关于创意、创新和创业的对话录。对话录的嘉宾有搞火箭做特斯拉的马斯克，还有《从 0 到 1》的作者彼得·蒂尔，有腾讯的马化腾、字节跳动的张一鸣，有苹果、微软、IBM 的 CEO，还有声乐家金铁霖、文学家万方等 21 位嘉宾。这些嘉宾之所以能够取得巨大的成就，就在于受到了好奇心的驱使，才会不断地学习、看书、思考。所以在孩子的教育中，孩子天真的好奇心有时会被扼杀，是多么可惜。我们不能以大人所谓的正确来否定孩子们天真无邪的好奇心。哲学家周国平曾经说过，“当孩子们无忧无虑地玩耍时，不要用你眼中的正经事去打扰他，当孩子编织美丽的梦想时，不要用你眼中的现实去纠正他。”如果你执意要把孩子引上成人的轨道，当你这样做的时候，你也正在粗暴地夺走他的童年。

27

· 成功与能力有关吗？ ·

改革开放初期时，个体户风起云涌，只要有胆子先迈出一步的，几乎都赚到了第一桶金；上个世纪八九十年代，只要会点儿外语的，做外贸几乎没有失败的；二十一世纪初，做房地产也几乎没有不赚钱的。而如今，创业能成功的只有不到 2%，难道是 98% 的人不努力、没能力吗？非也！如果现在让我重新创业，做一个新的行业，我也不敢确定能不能成功。是能力吗？不是！是资源吗？也不是！是经验吗？更不是！我想，在任何时代想要取得成功，能力只是一个方面，更重要的是环境背景和趋势。而在中国，成功更要靠改革开放的机遇和人口红利。每一代人有每一代人的基因，每个时代有每个时代的基因，合拍了，成了！不合拍，要成功，真难！

28

·思维方式决定成败！“不可能！”“不！可能”·

成功者和失败者最大的差别就在于思维方式。成功者的习惯是“永远为成功找方法，不为失败找理由”。而失败的人根本就不思考，他们一般只会说结果，“这个事情不好办”，偶尔会附带一堆解释的理由。当一个人在为过去的失败找理由的时候，他同时也是在为未来的失败准备借口。成功的人不会解释为什么没有做好，而是在思考怎么做，思考怎么才可能成功。我与大家分享两个有趣的词，“不可能”的英文是“impossible”，“impossible”只要移动一个点就成了“I’m possible”，而“不可能！”也只需要移动一个标点就成了“不！可能”。这就是思维方式。

29

· 有多少颗心，就能成就多大的事业 ·

玻璃大王曹德旺是我敬仰的企业家之一，在他的传记《心若菩提》中，介绍了他的父亲曾经对他的告诫，“你有多少颗心，就能成就多大的事业。”我认为，决心、信心、雄心也许能帮助我们赚钱，热心、关心、匠心、耐心、忠心、专心、贴心、尽心、用心可以帮助我们成就事业，而初心、爱心、怜悯心、虚心、真心则可以让我们的事业长久。

麻烦别人是一种巧妙的奉承，

麻烦别人是变相地承认别人的价值，

人与人之间相互麻烦、相互感谢，

也就有了友谊，有了友谊就有了机会。

30
·人生沉浮一念间·

前段时间与一位优秀的员工聊天，我说，“在岗位竞聘中为什么没有看到你的名字？”他说，“为了这个，彻夜难眠睡不着，纠结。”我问，“有什么好纠结的？”他告诉我，“万一没成功呢，挺不好意思的。”我说，“那万一成功了呢，人生从此改变，上了一个台阶，你就有了更多的资源和机会，如果落选了，该怎样还是怎样，什么也不会丢失，你为什么不试一下呢？”他豁然开朗，于是报了名。其实，对于大多数的竞聘者来说，都没有很好地利用身边的资源。我曾经说过，做任何一件事情要做到一流，首先要研究行业里的一流，无论是国内还是国外，互联网时代给了我们很多的资源。请教一个人，你可以提升10%；请教两个人，你可以提升20%；请教三个人，那么他们的优点集中在一起，也许就能超越对手100%，甚至可以碾压一切对手。而一旦成功入围，就进入了更好的池子，自然资源更多、机会更多。越是层次高的人，越会在高维度上看问题，也许更客观、更辩证、更具历史观，也许更具系统性。初级竞赛比拼的，是技能和态度；中极竞赛比拼的，是理念、执行力和悟性；而高级竞赛比拼的，一定是品德、心胸、格局、思维方式，还有洞察力。我们每个人身边都有很多资源，就看你自己擅不擅长应用。有的人总觉得“不好意思麻烦别人”，这是彻头彻尾的误解。要知道，麻烦别人是一种巧妙的奉承，麻烦别人是变相地承认别人的价值，人与人之间相互麻烦、相互感谢，也就有了友谊，有了友谊就有了机会。所以，人生进退只是一念间，一念决定了人生的沉浮。

31

·捷径，大概率是条死亡之路·

说到捷径，谁都喜欢，因为可以以最快的速度解决问题，以最快的速度收获财富。一只鸡一般二百多天才能成熟，如果你心急，五十天也可以上桌，但味道肯定不一样；一个人正常怀胎十个月，你一定不期待六个月出生的孩子，再急也不能把孩子催出来，就算催出来了，健康的概率也不高。浮躁的社会喜欢走捷径，到处都是一分钟管理学、一分钟读书、一分钟成功秘诀，这些人成功了吗？没有！就像那些吃快餐的人，能健康吗？英国哲学家培根说过，“人生如同道路，最近的捷径通常是最坏的路。”查理·芒格也说过，“想要拥有的事物，必须让自己先配得上它。”中国人常说“德不配位”，伟大是熬出来的，如果不是熬出来的伟大，一定是德不配位。杨绛先生活了一百多岁，也有感悟，她说，“走好选择的路，别选择好走的路,你才能拥有真正的自己。”我们也常感叹，“究竟是什么样的人生,才配得上这一路的颠沛流离。”

显然，捷径不合规律、不合自然，不付出非凡的努力，就期待点石成金、天上掉馅饼，怎么可能呢？就算掉下来馅饼，也不一定掉在你的头上。不劳而获就是德不配位，这样的人怎么可能有好的命运呢？所以，选择捷径大概率就是选择了一条死亡之路。

32

· 有人利用你才是好事 ·

被人利用是件好事，说明自己是有价值的。我们说一个人有没有用，就是在讨论有没有价值的问题。谁愿意花钱请一位乞丐去讲赚钱的道理？没有。不怕被利用，就怕你没用！没用但能自知还不算糟糕，最怕的是有些人不愿意承认自己已经没用了，还要求别人像以往那样重视他。这个社会一向很现实，要么你有钱，要么你有才，要么你有资源，要么你长得好看，要么你有趣，要么你有能力。如果你什么价值都没有，别人为什么要找你？所以，不要怕别人利用你，而是要不断提升自己被别人利用的价值。

只有激发好奇心才会产生自驱力。

33

· 自驱力是培养不出来的 ·

有人说教育要培养自驱力，但自驱力是培养不出来的，只有激发好奇心才能产生自驱力。一个内心没有激情、没有好奇心的人是什么样的人？躺平的人、病人和奄奄一息的人。所以，好奇心代表了活力，没有好奇心的人还能有什么活力？！扎克伯格在谈到孩子的教育时就提到好奇心，有了好奇心就会有求知欲，他就会主动去探索这个世界为什么是这样，能不能更好。在苹果库克看来，乔布斯是他所见过的最具有好奇心的人，所以，无论是教育还是管理，他们的目的都不是培养自驱力，自驱力是内在的动力，是培养不出来的，只有激发好奇心才会产生自驱力，对任何奇思怪想的怀疑或者打压都会杀死好奇心。如果有一天，叫醒我们孩子的是好奇心而不是闹钟，那么中国的教育就更有希望了。

34

· 利润提升之道 ·

提高利润的最好方法就是加快付款速度，缩短付款时间。举个例子：原本正常 25 元的报价，如果有最好的付款条件，供应商可能会愿意接受 22 元或者 23 元，如果付款条件苛刻，供应商可能会报出 27 元的价格。这两者之间已经相差 10% 左右。有多少企业净利润能有 10%？所以不要以为你是甲方，你就“狠”，也许你可以“狠”一时，但绝不可以“狠”一世。拖延付款是愚蠢的思维，不是大智慧，付款不好的企业，大多好得不会那么长久，反而大多是在走下坡路。

CHAPTER 03

·感悟·

01

·我是我们公司的脸面·

曾经，公司来了几个美国客户，他们参观之后，提出要见一见创始人，我有点好奇，就见了一面。他们说很喜欢我们公司前台的一句话“我是我们公司的脸面”，问我怎么想起来的，我回答说，“是你们教我的。在你们海关的入境处有这么一句话‘I'm the face of our nation’，我是我们国家的脸面。”他们很诧异，说他们从来没有注意过。

我相信大家都有这样一种印象：提到上海男人，可能会说细腻；广东的男人，聪明；山东的男人，忠厚；江苏的男人，温和。说到女人，我们都会说北京的女人华贵，重庆的女人泼辣，新疆的女人华丽……每个地方都会有不同的关键词，有的代表了特征，有的则代表了素养。所以，每个人都代表了一个家庭、一个企业、一个城市、一个国家，走出国门，就代表了中国人的脸面。在我们公司前台的这句话“我是我们公司的脸面”，目的在于每一天都提醒自己，我的一言一行代表了公司，我个人呈现的结果就是自身的素养。

02

· 用心的力量 ·

在公司十年庆的时候，我们邀请了许多客人，每位客人的邀请函都别具一格，内容全部手写的，都是个性化定制的，感动了许多人。我们家也有过感恩晚会，邀请了 200 位朋友，感谢他们多年来对我们一家的关心、照顾和支持。每位朋友的邀请函也都是我们夫妇手写的，每一份邀请函的内容都不一样，据说那份邀请函至今还被好多人珍藏着。我也参加过一次高级别的宴请，在一份单子上，一面是宾客的名单，另一面是菜单，让我好生感动。作为一名精英人士，如此细心地招待朋友，足以证明她的用心，用心总会被感知，用心也是对朋友最好的尊重。生活中因为用心而感动的例子越多，这个社会就越会成为一个更令人感动的社会，世界也就越会成为一个更令人感动的世界。

介绍别人厉害，

方显自己厉害，

自己身边有一大堆牛人，

方显自己才是真正的大牛。

03

·领导为什么喜欢带着你·

曾经受朋友之邀参加一个宴请，宴后与朋友闲聊，他告诉我，之所以领导喜欢带着自己，是因为自己在单位里有让领导自豪的地方，说得更直白一点，就是领导介绍自己的时候，有值得他“吹”的内容。我作为一名企业主，每次带员工外出赴宴、交流或学习，除了是给他们学习和增长见识的机会，不可忽视的是他们有值得我自豪的地方。因此，我常在想，我们每个人是否都应该打造属于自己的独特标签？

业务能力强、技术一流、歌唱得好、诗写得美、太极高手，或在某细分领域有独特的研究……我意识到，每次朋友介绍我的时候，无非是帽子事业做得如何厉害，如何追求极致，更关键的是建有行业内唯一一家专业的帽子博物馆，而这些基本上就成了我的标签。介绍别人厉害，方显自己厉害，自己身边有一大堆牛人，方显自己才是真正的大牛。优秀的资源，身边总是围绕着优秀的资源；优秀的资源，也会吸引优秀的资源；优秀的资源汇聚在一起，总会让彼此更优秀。社交场合的介绍难免夸张，但你可以把它当成自己努力和奋斗的标杆，这样才能进步！感觉不如你的，也不必看轻，能在一桌吃饭或一起参加派对的也自有他厉害之处，即使真的不如你，也是好事，他就帮你建立起了社交自信。当然，领导之所以乐意带着你，还有一些其他原因，比如诚信正直的人品、良好的感恩心态，再比如从你口中说出领导不为人知的厉害之处，一方面衬托出你们关系的不一般，另一方面，也让他人看到了领导不为人知的优秀一面，这会让领导更自豪！总之，要让领导带着你，打造自己优秀、独特的标签是重要的，而用你的嘴"夸夸"领导也不可忽视。做人如此，做品牌也是如此！优秀的人本身就是品牌！

04

·让对方离不开的不是限制，而是自由·

一个人一旦爱上另一个人，就不希望对方离开自己；一家企业一旦拥有了一位优秀的员工，就不希望员工离开企业。但不让人离开的，恰恰不是限制，而是自由。一张结婚证能束缚一个人的自由，但束缚不了驿动的心；一份聘用合同规定得再严格，该离开的总会离开。但真正让心爱的人离不开的，不是一纸婚约的限制，而是自身的魅力、出众的才华、内心的善良和宽容的心胸。真正让员工不轻易离开的，也不是一纸合同的限制，而是未来的前景、优厚的待遇和有一定底蕴的企业文化。真正的限制是不去限制，是给对方海阔天空的自由、未来可期的成长空间。

05

·水知道答案，水果也知道·

我曾经读过一本书，是日本作家江本胜写的《水知道答案》。我发现这本书很有意思，作者通过无数次的实验，证明了一个人的能量和语言对水分子结构产生的影响。当你说水好，感谢它的时候，这个水分子就变得特别漂亮；当你说不好，去骂它的时候，这个水分子的结构就特别丑。我对此将信将疑。于是，我让员工把水果分到三个地方，每天对着第一批水果说“我爱你”，对第二批水果说“我恨你”，最后一批水果则不去理睬。结果很有意思，一周过去了，没变化，两周后就发生了明显的变化，说“我爱你”的那批水果状态非常好，说“我恨你、我讨厌你”的那批水果腐烂得非常快。你知道烂得最快的水果是什么吗？就是那批不被理睬的。为什么不被理睬的那批烂得最快？这就相当于人与人之间的冷战。其实，冷战是最可怕的。在工作中，如果领导愿意说说你、批评你，还算是好事儿。当然，鼓励你、肯定你、表扬你是更好的事儿，最怕的就是冷落你、放弃你，对你不理不睬。同事之间、朋友之间、夫妻之间其实也一样。

如果我们不能持续地做些积累，

就永远不能体会到积累的巨大力量。

06

·积累的力量·

我在大学时写了三年的英文日记，为什么？为了锻炼用英文思考的能力。后来，我发现我的英文比同时代的人好很多。1989 年的全国外销员考试，我得了江苏第一。帽子行业，我也耕耘积累了三十多年，把公司做成了时尚帽饰细分领域的隐形冠军。还有各种帽子收藏，我收藏了近二十年，一不小心就做成了中国最专业的帽子博物馆。还有博大精深的中国文化，不也是因为几千年的积累吗？我觉得积累很重要，如果我们不能持续地做些积累，就永远不能体会到积累的巨大力量。其实，积累就是一个由量变到质变的过程，一方面是时间的积累、岁月的沉淀，另一方面是物质层面上量的叠加而有了视觉震撼。我时常在思考，为了未来拥有令人期待的人生，从现在开始，自身应该做些怎样的积累呢？

07

·“如果”能决定成败·

人生没有假设，人生只有现场直播，任何时候我们都不要忽视任何一次机会。面对失败的婚姻，总有人说，如果当初我怎么了，我现在就会怎么样；面对失败的事业，也总会有人说，如果当初我怎么了，我现在就会怎么样。同样，面对失意的人生，也总会有无数的感慨，如果年轻的时候我怎么了，现在也不至于怎么样，或者如果我能坚持到现在，我肯定能成功。但是你知道吗？有一个如果是不一样的，在面对无数的“不可以”“不行”的答复时，我们反问自己一句，怎么做才行呢？或者说，如果要做成，那么需要具备什么样的条件，做哪些变通，做哪些调整呢？可见，对待“如果”的不同思维，决定了我们不一样的人生。

08

·和谁在一起·

人生苦短，要和有趣的人在一起，但首先要让自己学会欣赏；

成功很难，要和优秀的人在一起，但首先要让自己独特；

世事无常，要和靠谱的人在一起，但首先要让自己坦荡；

岁月无情，要和懂你的人在一起，那首先要让自己简单；

浮生若梦，要和灵魂干净的人在一起，但首先要让自己活出真性情。

同病相怜，同气相求。自己是磁铁，才能吸引铁粉，是石头，只能沾上一身青苔。

09

· 道歉要真诚 ·

人非圣贤，孰能无过？日常生活中，总会发生这样那样的错误或者过失，为什么有的人的道歉别人不仅不接受，甚至还很反感？因为不够真诚。我们常常听到这样的口吻：我认错了，行了吧，好好好，我错了，我都道歉了，你还想怎么样？呦呦呦，真是对不起哦，我说对不起，行了吧，好好好，是我的错，对对对对，是我没想周全，这件事全是我的错……诸如此类，听起来不像是真诚的道歉，倒像是在挑衅。孔子说“知耻近乎勇”，如果一个人能真诚地发自内心地道歉，一般都能获得对方的谅解，其内心反而会感到释然，其愉悦感妙不可言。

10

·一分为二的哲理性成语·

中国的成语，一旦把它分解开来，就完全可以有不一样的解读。比如说：

一个人可以厚颜，但不能无耻；

一个人可能会落井，但你不能下石；

你可以爱财，但不能如命；你可以盛气，但不能凌人；你可以掩耳，但不能盗铃；你可以有始，但不能无终；你可以是夜郎，但不能自大；你可以得意，但不要忘形；你可以亲密，但不要无间；你可以无事，但不能生非。

11

· 谁在消耗你的精气神 ·

生活中，总有一些人在消耗着我们的精气神。

不守信用的人，让你无望期待；

没有时间概念的人，让你白白等待；

动辄找碴的人，让你郁闷；

动辄与你讲理的人，让你觉得自己像个弱智；

动辄对你泼冷水的人，让你意志消沉；

对你出尔反尔的人，让你身心疲惫；

动辄强调理由的人，老让你觉得自己理亏；

满嘴借口的人，让你无奈；

太过敏感的人，不胜其烦，让人心累；

一惊一乍的人，让你心烦不安；

自以为是的人，让你沟通得太累；

炫耀摆谱的人，让你没有自我；

虚情假意的人，让你觉得自己像个傻瓜。

12

·人要活出底气·

人要活出底气，首先要学会拒绝，拒绝的底气是不怕得罪；

人要懂得求助，求助的底气是不怕暴露自己的弱势；

人要善于看轻，看轻的底气是，对人生智慧的高度认知；

人要学会自立，自立的底气是我可以享受孤独；

人要脱离纠结，脱离纠结的底气是任何结果我都能应对自如。

13

·乞丐不会嫉妒富豪，只会嫉妒比他收入高的乞丐·

遭人嫉妒的人，往往是成长的新秀。当初平起平坐时，可能还不如你，现在却超越你的同行。一个人往往容不了身边人的成长和进步、荣誉或者职位的提升，所以嫉妒只会在名利相关者之间产生。嫉妒往往是因为距离太近，无论是精神距离还是物理距离。乞丐不会嫉妒一个千万富翁，但是他会嫉妒收入比他高的乞丐。所以对于被嫉妒的人，除了诉苦、低调、感谢一切之外，唯一能做的就是努力工作、用心工作，默默地把嫉妒你的平庸之辈远远甩在后面，造就神奇。因为神是没有人嫉妒的，对神，只有仰望。

14

·如何避开人生不必要的麻烦·

不要和猪讲道理，不要和狗比声高，不要与管不住嘴的人透露秘密，不要与言而无信的人做生意，不要与无事生非的人窃窃私语，不要与固执的人比高下，不要与同行同事争夺名利，不要向“事后诸葛亮”征求意见，不要和城府深的人做过深的交流，也不要和老板比谁说了算，不要哪壶不开提哪壶，不要在心胸狭窄的人面前表现自己，也不要在失败的人面前炫耀成功。

15

·女人一生遗憾的八件事·

01 没有掌握一门独特的技能；

02 没有经历过一场浪漫的旅行；

03 没有记录自己的人生；

04 没有一段难忘动人的爱情；

05 没有一生幸福的婚姻；

06 没有和自己爱的人结婚；

07 没有教育好子女；

08 没有珍惜好自己的身体。

16

·男人后悔的十件事·

01 该抓住的机会没抓住；

02 投资失败；

03 没有善待自己的父母；

04 没有善待自己的身体；

05 没有珍惜自己的伴侣；

06 没有教育好自己的子女；

07 选错了职业，入错了行；

08 没有坚持并专注于自己的兴趣；

09 不敢尝试，不敢挑战；

10 没能活出自己的本色。

17

·三句话告诉你什么是人生该有的样子·

哲学家说人生就是平衡，有的哲学家甚至说，人生就是有和无的平衡。

有什么？有房、有车、有钱、有权、有势、有自由。

无什么？无病、无痛、无灾、无忧、无虑、无烦恼。

在有和无之间，答案是明确的，但选择是艰难的。我认为，成功的人生只需掌握这三个目标：吃得下饭，睡得着觉，大声笑得出来。说得简单，又有多少人能做到呢？

18

·读书的魅力·

社交场合中如何让自己更受欢迎、更有面子，其实也是如何获得尊重的问题。像这样一个社交场景：有人说了一句诗词，你没听懂，会立刻感到自惭形秽，觉得对方好有文化，自己有点俗不可耐。所以，读书很重要，读书的效果不可能立竿见影，但是润物细无声，潜移默化。读书的人往往气质高雅、内敛淡定，所以才有了那句“腹有诗书气自华”。一个人短期的魅力靠打扮，但长期的魅力靠的是读书和修炼。

19

· 爱的境界 ·

对于富人而言，爱的最高境界是愿意花时间陪你；

对于穷人而言，爱的最高境界是把仅有一点的存款给你；

对于父母而言，爱的最高境界是放开双手让你奔跑，但一直在旁边守护着你；

对于病人而言，爱的最高境界是没有被嫌弃；

对于爱人而言，爱的最高境界是在你身边，无论贫穷还是病痛；

对于孩子而言，爱的最高境界是把父母当朋友无限沟通；

对于老师而言，爱的最高境界是耐心倾听、理解与鼓励；

对于医生而言，爱的最高境界是感同身受！

20

·人为什么不淡定·

人之所以不淡定是因为欲望。

如果你看重财富，你就会被财富支配；

如果你看重职务，你就会被职务支配；

如果你看重女人，你就会被女人支配；

如果你看重名声，你就会被名声支配；

如果你看重权力，你就会被权力支配。

不淡定，是因为怕得不到，不淡定，是因为怕得到了再失去。所以，要保持淡定，就要不看重、不占有，没有占有，就没有失去。一切都是因为欲望，一旦有了欲望，人就成了欲望的奴隶，不再淡定。

21

·要自由，首先要自律！·

自由是以自律为前提的，没有自律，便没有自由！比如，你希望能在公共场合自由地表达，那么你就得有积累，而积累本身就是因为不断地学习，不断地自我学习就是自律。你希望腿脚能自由地伸展出去，那么首先得天天练习，能坚持天天练习就是自律。自律是基于一个目标，对目标的分解并坚持也是自律，比如对经营目标的坚持。没有自律就谈不上坚持，没有坚持就没有事业的成功，没有事业的成功又哪有财富的自由。

22

·自然界中的奇怪现象·

一个房子，如果没有人住，就会破落！

一座院子的花草，如果没有人打理，就会荒芜！

一个孩子，如果没有人搭理，就会孤僻！

一潭水，如果没有人用，就会变成一潭死水！

一辆车，如果几个月不开，就可能发动不了！

自然界中的一切，不管有没有生命，都不能被冷落，对于人来说，更是如此！

哲学家周国平曾经说过，“爱的反义词不是恨，而是冷漠。”

23

· 苟且的人生 ·

原清华大学建筑系张克群教授有一句著名教诲，“生活不只是眼前的苟且，还有诗和远方。”意思是：虽然眼前的生活有些苟且，还是要对未来美好的诗意人生心怀期待。我认为，生活不止眼前的苟且，如果不能好好把握当下，还会有未来的苟且，在不该苟且的时代，苟苟且且，未来一定只有苟且！如果不把握当下、活好当下，未来将寸步难行，又哪有远方，哪有诗意的人生？

24
·时间与人生·

都说时间是最宝贵的，

却未见你珍惜，

也未见你善待。

都说时间是最宝贵的，

却未见你记录，

也未见你规划。

都问时间去哪儿了？

却不知多少时间在刷屏，

也不知多少时间在躺平。

都问时间去哪儿了？

却无视多少时间在寻找，

也无视多少时间在拖延。

都说时间是公平的，

却不知自己应该做什么，

也不知自己应该怎么做。

都说时间是有限的，

却不知什么是重要的，

也不知什么是急迫的。

时间是公平的，

你不用抱怨，

抱怨本身就是浪费。

生命是有限的，

你也不用抱怨，

生命根本不知道你是谁。

与其说珍惜时间，

不如说珍惜生命。

与其说浪费了时间，

不如说消耗了生命。

有的人，

一生浑浑噩噩，一事无成；

有的人，

一生轰轰烈烈，功成名就。

在我们的一生中，

我们何曾问过自己，

这一生到底选对了什么？

这一生到底做对了什么？

这一生又到底跟对了谁？

当初信誓旦旦的人生目标，

是否因挫折而动摇？

是否因羁绊而受阻？

是否因繁杂而迷乱？

是否因懒惰而放弃？

纵使生命有限，

为何不尝试让生命延长？

纵使生命难以延长，

为何不尝试将生命拓宽？

纵使生命难以拓宽，

为何不尝试提升品质？

虽说管理的是时间，

经营的却是生命。

虽说提升的是效能，

精彩的却是人生。

25

·享受孤独的人内心愉悦·

选择孤独的人其实并不孤独！真正孤独的人是拼命挤进人群的人，是好管闲事的人！孤独不等于寂寞！寂寞，是一群人的狂欢！享受孤独是一种境界，害怕孤独是灵魂的空虚，虽然许多人喜欢孤独，但他们并不讨厌热闹，他们只是不愿意与无聊的人在一起罢了。没有人能忍受绝对的孤独，但如果绝对不能忍受孤独，那就是空虚之极了！孤独就好比是灯下的长影，注定永远相随！学会与自己相处，注定今生不会孤独！

26

·生活需要仪式感·

说起仪式感，总觉得是形式主义、表面文章，但当我们回忆过去的时候，真正让我们记住的有多少呢？这过去的一切，有多少不是因为仪式感才被记录下来的？入党需要仪式感，婚礼需要仪式感，授权也需要仪式感。需要仪式感的未必是大型活动，两个人也可以有仪式感。仪式感能让人记住场景，能让自己有所回忆。仪式感让人感觉到被爱、被重视、被欢迎、被在意，仪式感可以让一件普通的事情变得意义非凡，并成为一段美好的回忆。

把自己打造成磁铁，

才会吸引铁粉。

27

· 如何拥有更好的圈子？ ·

不要一味地想着钻圈子，要融入圈子，先打造自己，把自己打造成磁铁，才会吸引铁粉。能在同一个圈子里，一定是因为你的能耐，更显得我的能耐。当提起你时，如果旁边人说“我认识”，他其实内心很遗憾，说明关系还不到位。有人会说“是我的好朋友”，脸上一脸的自豪。还有一种反应，“是我的铁哥们儿”，脸上一脸的牛掰。朋友怎么介绍你，就是你的IP，把这个IP放大发挥到极致，做到城市第一、全国第一、全球一流，你的圈子就一定有越来越多的含金量。有人说，“每个人都是限量版。”不对！每个人都是独一无二的专属定制版，我就是唯一，不是限量版，极致地做好自己，Be yourself！ Be keyone！才会成为人中的KEYONE！

28

· 一年又一年 ·

一年又一年：

有的人在读书，有的人在刷屏；

有的人在健身，有的人在赖床；

有的人在拼搏，有的人在打牌；

有的人在为成功找方法，有的人却在为失败找理由。

有的人多了见识，有的人多了成见；

有的人多了经验，而有的人只是多了年龄；

有的人多了关怀，有的人却多了忧愁；

有的人多了阳光，有的人却多了孤独；

有的人多了一份淡定与自由，有的人却多了一份焦虑与猥琐。

有的人活得神采奕奕，有的人却满面愁容；

有的人多了选择，有的人却被迫选择。

人生就是不断地选择，没有选择就没有目标，没有目标就没有沉淀，也就没有积累。一年又一年，人的一生，尽在选择。

29

·脑袋与口袋·

脑袋和口袋一个都不能缺。丰盈的口袋只是结果，充实的脑袋才是前提。没有脑袋就没有口袋。有一次逛古董市场，我看到一个女孩子看了一款vintage小包，她纠结了半天，恰好这小包我朋友也喜欢，于是二话没说，与其他猎物一起收入囊中。有人说机会只留给有准备的人，而我说，机会只留给准备了口袋和脑袋的人。后来我又发现，一个人在公共场合要淡定，口袋、脑袋一个也不能缺，当一个人因为口袋而纠结的时候，他不可能淡定，而当一个人因为脑袋而胆怯的时候，他也不可能自信！有口袋可以让你有更多的选择，而有脑袋则可以让你做出更好的选择。

30

· 我们这个时代 ·

这个时代有了手机，方便了沟通，但人与人之间的距离却越来越远；

这个时代有了电脑，方便了工作，但人与人之间却缺少了温情；

这个时代有了丰富的物质生活，但我们的精神生活却越来越匮乏；

这个时代有了网络，方便了分享，但社会上却越来越缺乏伟大的思想；

这个时代有了大数据，可以为你精准推荐，却让我们的视野越来越窄；

这个时代的互联网给了我们极大的便利，但却变成了我们人生的依赖；

我们这个时代，朋友圈越来越大了，可熟悉深交的人却越来越少了；

我们这个时代，喝酒喝得越来越多了，可掏心掏肺说真话的人却越来越少了；

我们这个时代，房子越来越多了，感情却越来越淡薄了；

我们这个时代，寺庙多了，烧香磕头的人也多了，但有信仰的人却越来越少了。

时代在变，环境在变，人也要改变，但希望每个人坚守的那份初心不变。

31

· 心存敬畏是最好的风水 ·

有一个奇怪现象：容易感冒的人往往会在包里放些预防感冒的药，肠胃不好的人也习惯随身准备一些肠胃药。一旦好久没感冒了，肠胃也没问题了，就会把这些药品放到家里，不再随身携带，结果就生病了。同样的，几年用不上的东西，终于狠下心把它扔掉了，一旦扔掉，忽然就又有用了。似乎老天在知道我们心存敬畏时，就会对我们特别好，而一旦无所谓了，老天就和你开玩笑，让你接受一次小小的教训。我认为，这就是有没有敬畏心的结果。敬畏，就是敬重、畏惧。敬畏是对规则、传统、公德、健康、自然、文明、科学、权威、信仰、神圣的敬重，同时又是对失去或错过或忽视的后果的畏惧。“敬畏”这个词早在公元前六七百年就有了，说明中国古人对敬畏的高度认知。日本也是一个懂得敬畏的民族，他们通常会在吃饭前对食物做出敬畏的姿态，表达一种善意，这是好善。与人为善本身就是做人的准则，也是一种敬畏之心，而存有敬畏之心本身就是最好的风水。

32
·忙比闲好·

如果在清闲和忙碌中做一个选择，或许大多数人都会选择清闲，但如果是在无聊和忙得不可开交中选一个，我相信大多数人宁愿忙得不可开交。因为无聊是痛苦的，而如果忙得不可开交，就一定会让人产生自重感。所以忙一定比闲好！但是太忙就不是好事儿，太忙说明没预测、没计划，自重感上升；而太闲则说明没目标、没邀约，自重感降低。最好的状态是可忙可闲，忙是自己找来的，闲也是自己找来的，可忙可闲才是正道。在蚁穴里，20% 的蚂蚁在闲着，80% 的蚂蚁在忙着。一个企业里，需要有人低头奋斗，也需要有人抬头看天。被动地忙，不得不忙，不得不干的事儿，往往是应付，没有乐趣。被动地闲，闲得无奈，不想闲而闲，往往痛苦。其实，认为自己忙或者认为自己闲，都不是最好的状态，最好的状态应该是充实。忙说明有点过，而闲又略显不足，只有充实才是我们应有的追求，也是最愉悦的状态。

33

·幸福不该被定义·

今日头条上曾经征集过“什么是幸福”，答案五花八门，我认为很多都不切题。哲学家理解的幸福是精神上的愉悦，而非物质上的丰饶。但作为一个90后，我女儿认为，幸福不该被定义，因为每个层面的人有每个层面的人的幸福，每个时代的人又有每个时代的人的幸福，不同情景下又有不同情景下的幸福。对于内急的人，找个地方解决了就是幸福；对于口干舌燥的人，能有一杯水就是幸福。幸福可以被定义，但并没有对错，一旦被定义，就成了无知，就剥夺了某些人的幸福。幸福如水，冷暖自知。我认为很幸福，别人非说那不是幸福，这并没有什么意义。年轻人之所以不喜欢被定义，是因为率真，而率真更接近初心。这也应了老子的一句话，“名可名，非常名。”幸福一旦被定义成“仅仅是精神上的愉悦”，就剥夺了口渴的人因为拥有了一杯水而收获的幸福。也许哲学家认为那不是幸福，那只是爽，但口渴的人认为这就是幸福，有错吗？这又一次让我觉得老子的伟大，又一次觉得读书更应该读经典。不过读书本来就是“看山是山，看山不是山，看山还是山”的过程，一旦达到了那个境界，自己内心也会感到愉悦和幸福，这不也是个很好的体验吗？

34

· 别怪别人“狗眼看人” ·

都说“狗眼看人低”，其实大部分人都有“狗眼”的一面，“狗眼看人”来源于大数据。邋遢的外表会打消别人去了解你纯净内心的念头，随随便便的妆容也很难换取别人轰轰烈烈的接待。第一次见面的呈现只有一次，不管是光彩照人还是不修边幅，这就是你！初次见面，外表是别人对你的唯一印象，如果开口的寒暄又没有亮点，就很难激起别人去了解你内在的意愿，不愿意去了解你的内在，你的机会就会流失。初次见面，双方都在相互评估各自的亮点，所谓的一见钟情也一定是相互看对了眼。外表虽然不是检验真理的唯一标准，但却是重要的标准。如果一个人不能把自己的外表收拾干净，就会缺少一些让人眼前一亮的精气神。有人说，注重外表的人太肤浅，其实看重外表并不是肤浅，肤浅是只看重外表。

35

·人生的最高境界·

学习的最高境界是开悟；

教育的最高境界是唤醒；

修炼的最高境界是放空；

交友的最高境界是至诚；

社交的最高境界是从容；

领导的最高境界是无为；

成功者的最高境界是隐退；

竞争的最高境界是不竞争；

营销的最高境界是不营销；

财富的最高境界是不占有；

“名”的最高境界是不求名而得名；

“利”的最高境界是不求利而得利；

认知的最高境界是不出门而知天道；

战争的最高境界是不战而屈人之兵；

助人的最高境界是无形、无知、无感；

说话的最高境界是多言数穷、不如守中；

做人的最高境界是无欲则刚、抱朴守拙；

生活的最高境界是大智若愚、知足常乐；

力量的最高境界是柔弱胜刚强，无形胜有形；

音乐的最高境界是大音希声，此时无声胜有声；

成事的最高境界是无为而无不为，去胜、去奢、去泰；

生命的最高境界是身死而精神存，死而不亡者寿；

人生的最高境界是宠辱不惊、心如止水、逍遥自在。

36

·自助餐的吃相·

吃自助餐最能体现一个人的素养，因为投入了固定的费用，总想把这笔投入发挥到最大价值。大多数人心里想的是，花了这么多钱，一定要把本儿吃回来，怎么划算怎么吃。虽然这是正常人的心理，但这种想法要不得。首先，吃多了影响形象。希望吃得划算的，每次一定会装满一盘子，这难免囫囵吞枣、吃不干净，更有可能杯盘狼藉，很不雅观，也降低了素养。有的人一看到螃蟹来了，马上冲过去“秒杀”一大盘，在他们眼里，那是自助餐里最划算的单品。然而，须知螃蟹性寒，多吃了胃疼，一般一个比较合适，吃两个就存在风险。其次，吃多了伤胃。如果已经造成了浪费，就不要再伤了胃，一旦伤了胃，就只能伤心后悔，还能说是划算吗？我曾经在一家五星级酒店看到几位妈妈带着孩子吃自助晚餐，看样子已经吃了很久了，还在继续猛吃。可能是为了让食物消化，孩子们在那儿又蹦又跳。结果，有个孩子估计是吃撑了，加上剧烈运动就吐了出来。这是何必呢？既痛苦了自己，又影响了母亲的形象，完全失去了应有的享受。多吃一点，吃得划算，这只是物质层面的追求，真正把美食当享受才是精神层面的追求。

37

·有趣的大厨经验·

有一次在外面吃自助餐，结束后剩了不少，我就好奇问厨师，开菜单的依据是什么，他说经验。我问他一斤猪肉红烧后变成多重，他说不知道；我问他一斤素菜炒熟以后的重量是多少，他说不知道；我问他一斤米煮成熟饭以后多重，他说不知道；我说，那么一个人平均一顿饭的饭量是多少，他也说不知道。我说，那你凭的是什么经验呢？何况每次开菜单的时候，面对的年龄层不一样、男女比例不一样、工作性质不一样，自然饭量也就不一样。如果在开菜单之前不了解这些情况，开出来的菜单能合理吗？

幸福是愿望和能力的平衡。

38

·如何获得幸福·

幸福是我们一生的终极追求，我们每个人都在追寻获得幸福的方法。

被称为世纪智者的哲学家罗素曾经说过，“幸福的获得，在很大程度上来源于消除了对自我的关注。”看来幸福不能太自私，不能太自我。周国平也曾经说过，“幸福就是做自己喜欢的事儿，和自己喜欢的人在一起。”看来要获得幸福其实也不难。卡耐基说过，“经济独立的女性，自身带着创造幸福的能力。”看来幸福不是别人给予的，而是自己创造的。张爱玲说，“人生最大的幸福，是发现自己爱的人正好也爱着自己。”看来幸福的生活不能缺少爱。米尔顿说，“幸福不是满足欲望，而是限制欲望。”看来过度的欲望是幸福的天敌。老子没有说如何获得幸福，但整本《道德经》讲的全与幸福有关。

我认为，幸福是愿望和能力的平衡，而不是攀比。当有一天你觉得你要比别人幸福时，幸福也就离你远去了。一个人要获得幸福，不是关注你没有什么，而是知道自己已经拥有了什么。幸福是精神层面的感受，与物质没有多大的关系。

39

· 什么是朋友？ ·

每个人的微信好友都有几百几千人，但能记住的有多少呢？真正能称得上朋友的又有几位呢？以前我夸一位同学“你朋友真多”，他老婆说“我老公有多少张名片，就交了多少个朋友”，就好像现在的微信里有多少好友就有多少朋友一样。但是在我看来，真正的朋友是：当你遇到财务困难的时候，你确信谁会帮你？当你遇到病痛的时候，谁会第一时间来陪你？当你遇到烦恼的时候，你喜欢向谁倾诉？当你有危机的时候，你的电话第一个打给谁？当你离开了现在的岗位，又有谁会真正关心你？当你有特别开心的事时，你第一时间和谁分享？当你遇到这些问题的时候，如果想了十个人都没有想到他，他能算是你的朋友吗？精简一下朋友圈吧，别把精力耗在那些不值得的事和人身上。

40

· 朋友是用来赋能的 ·

人与人之间的交往是相互的，一旦打破平衡，友谊的小船说翻就翻。好多人喜欢借朋友之名、沾朋友之光，长此以往，一定会耗尽朋友之情。有人说，能用金钱解决的，尽量不要用人情和面子去解决。我非常赞同！有的人认为你是他的朋友，就理所当然地要你为他打折。其实，朋友主动给你打折，不管打折了多少，都是他的好意和心意，千万不要因为他不打折或者折扣少而抱怨责备。能为你打折，就是一种表态或情谊，如果你内心能表示歉意和感谢，已经属于优质的朋友，如果还对折扣感到不满就有失妥当了。毕竟，买不买是你的事情，打不打折是他的事情，你情我愿才能平衡，才能长久。人与人交往，尤其是朋友之间，知趣是“安全阀”。有些人一时占得便宜，却在不知不觉中丢了脸面。要知道，朋友不是用来沾光的，也不是用来打折的，朋友是用来赋能的。

41

·说别人计较，何尝不是自己计较·

我们经常听说“这个人好计较”“这个人斤斤计较，只想到自己”“这个人好自私，没有大局观”……这种人在工作生活中确实存在，他们让人烦恼、让人操心、让人反感。但是，作出这种评价的人往往是本位主义者。因为，当我们说别人计较的时候，是不是恰恰说明了我们也在计较？计较一定是双方的，当我们说别人无礼的时候，是不是说明我们的心胸也不够宽广？当我们在抱怨别人为了一些鸡毛蒜皮斤斤计较的时候，为什么我们不可以大气点，“这个事情就你说了算吧。”斤斤计较的人确实让人很不舒服，但我们要做的，应该是远离这些人。当我们也开始与别人计较的时候，恰恰说明了自己也很在意，也很计较。

42

· 可怜的井底之蛙 ·

人在一个地方的时间待长了，就会感觉适应了，适应了也就习惯了，习惯了便觉得挺好。而一旦开始比较，就容易产生苦恼，看来烦恼是比较出来的。一个人天天待在家里，无法比较，就如同井底之蛙。而井底之蛙之所以无法比较，是因为跳不出去。但人不同于井底之蛙，因为人是可以走出去的，除非你自我感觉良好，不想出去，也就成了井底之蛙。但这种感觉良好只是一时的，也许不幸和灾难就在后面。清政府闭关锁国，自称为大清帝国，竟不知英国的工业革命已经远远把大清甩在了后面，才有了后来的鸦片战争、割地赔款、屈辱条约。疫情期间只能待在一个城市，不能出去见识，更不方便出国，便也觉得挺好，而一旦到了别的城市，忽然发现差距很大，便觉得自己原来是“井底之蛙”。看来，一个人从一个城市移居到另一个城市，从一个国家移民到另外一个国家，大多是因为见识广，看到了差距。所以，从一个城市的人口是净流入还是净流出，便可判断出一个城市的未来。城市如此，国家如此，企业又何尝不是如此？每次外出参访同行或者优秀的企业，但凡看到优秀的地方，我便感到羞愧，甚至全身发烫，也激发了自己去改变的意识。正是这些点点滴滴的改变，才有了现在的这些进步。否则，“井底之蛙”不知不觉就会被别人远远地甩在后面。看来，“井底之蛙”可以有一时的安逸与满足，甚至还可以美其名曰“知足常乐”，但长此以往，带来的就是痛苦，甚至可能是灾难。

43

· 预防与免疫力 ·

人是一个精密的系统，是一个能自动发挥作用的系统。一旦破坏了这个系统，体内产生了不平衡，人就会生病。对于人的生老病死，起决定作用的是内因，而不是外因，（除了意外）。作为外因，新冠让全球至少 40% 的人受到感染，几百万人失去生命。他们中的大多数人都做了同样的预防，为什么生死差别这么大？生死的根本原因就在于自身的免疫力！有句成语叫“防不胜防”，担心外部的伤害不如提升内在的免疫力。无论是看不见的病毒，还是看得见的伤害，只有拥有足够好的免疫力，才能不管风吹浪打，胜似闲庭信步；只有拥有足够好的免疫力，才能做到兵来将挡、水来土掩。在未来，我相信提升免疫力将成为生活中的关键词。关于免疫力，我总结了四点：充足的睡眠（Sleep）、良好的心态（Attitude）、合理的膳食（Food）和适度的锻炼（Exercise）。把这四件事做好了，人的一生就相对安全（SAFE）了，千万不要好了伤疤忘了痛！著名哲学家黑格尔有这样一段名言：“人类从历史中学到的唯一教训，就是没有从历史中吸取到任何教训。”教训一旦不被吸取，便毫无意义！

44

·追求完美的误区·

世界上本身并不存在完美的东西，如果一味地追求完美，这本身就不完美。曾经有一位行业里追求完美的室内设计师要给我家做室内设计，我本着对他理念的欣赏和对他作品的信任，就把这个任务托付给了他。结果几年以后，当我住进去的时候，发现到处都是不合理的设计。虽然看上去灯光一流，整体格调也堪称一流，但用起来就是不舒服。也许是生活习惯不同，后来又来来回回改了好多次。设计师追求了灯光视觉和格调上的完美，却忽视了使用功能上的完美，这种情况可能是大多设计师的通病。而空间一旦开始被使用，使用功能就比什么都重要。但要达到使用功能的便利合理，在设计过程中就要反复对比，在装修过程中要反复感受体验，这样才可能设计出相对完美的作品。忽视了任何一点都是对完美的片面理解，也是追求完美的误区。我们虽然提倡追求完美，但我们更提倡视觉效果与使用功能的相对平衡。不管做什么，做到完美都很难，何况仁者见仁、智者见智。但只要真正用心了、尽心了，对得起自己的良心了，任何工作都会少留一些遗憾，这也算是一种相对完美吧！

45

· 痛苦是比较出来的 ·

一个人最快乐的时代，可能是幼儿园小学时代，因为无忧无虑。而一个人最幸福的时刻，可能是有爱陪伴的时刻。年轻时快乐多些，因为不懂事，没有对比心，越是年轻就越是没有对比心、功利心！被爱的感觉是不必比较的，也无法比较，就算比较也毫无意义，幸福就是幸福，自然比不出高低程度。可是大学毕业十年二十年以后就不一样了，人生的差别大了，痛苦也就多了。一旦同学们聚在一起，区别立竿见影。其实这些都是因为比较。没有比较，就没有功利心，自然痛苦就少了。在这个世界上，每个人都是独一无二的。极致地做好自己，极致地种好自己的一亩三分地，让自己快乐、充实就足够了。别人有别人的生活，自己有自己的轨迹，在人生追求的过程中，一定要分清自己是自己，他人只是在践行他人的生活，我们不需要追寻别人的脚步，世俗的成功不等于幸福，而平凡的人生也未必不愉悦充实。走好自己的人生路，极致地做好自己，不断深耕积累，坚持十年、二十年乃至三十年，一定会有自己独特精彩的人生。

46

· 欲望与喜好 ·

最好的职业就是做自己喜欢的事情，然后顺便赚点小钱。喜好是出于热爱，热爱是一种发自内心的动力。还有一种动力，叫欲望。欲望是社会发展的动力，但同时也是一切烦恼的根源。欲望会让人痛快一时，也会让人痛苦一世。适度的欲望是动力，而过度的欲望就成了杀伤力。

喜好发自内心，出自本然，不受任何功利影响。欲望既有内在因素，也有外在因素，内在欲望大多因为本能，而外在欲望大多因为名利。做任何事情，出自喜好可以成功，可以长久，可以愉悦，如果出自欲望，或许也可以成功，但未必可以长久，大多不会带来愉悦，也许有一时的愉悦，但很难长久。所以，因为欲望还是因为喜好，基本上决定了人一生的质量。

47

· 圈子和人脉 ·

成功的人都会说，要和优秀的人在一起才能变得更加优秀，那么优秀的人凭什么愿意和你在一起呢？对于这个问题，其实就算你进入了一个圈子，如果没有在这个圈子里“混”的实力，你最终还是会失败。我认为，人脉并不是你有了微信有了电话就有了，而是有了实力才有真正的人脉！有时候人脉要经营，其实经营自己比经营人脉更重要，只有把自己打造成磁铁，才有可能吸引铁粉。

48

· 明星推荐的就好吗？ ·

有一个很奇怪的现象，很多人都喜欢名人、明星推荐的一些产品。明星推荐的就真的好吗？其实，一件商品好与不好，只有体验了才知道，否则所谓的明星代言只是一种不负责任的行为，也许纯粹是为了代言费而已。那些七八十岁的老明星代言一个刚推出两三年的产品，说这个产品能延年益寿，怎么可能有说服力？！一线明星自有一线明星的定位，代言一个他不会用也根本不可能用的品牌，没有深入了解过，他又凭什么推荐？诸如此类，我相信明白人能看到很多，可为什么还有许多人不动脑子，一味地从众呢？其实，真正专业懂门道的，应该是这个行业里的专业人士，他们懂产品、懂客户、懂审美，见识过，有自己的亲身体验，有一流的眼光，只有这样的人才会有说服力。有句话说，比权威谣言更可怕的是越界权威，而明星推荐大多就属于越界权威，其核心大多是因为被金钱绑架。任何一件事情，一旦被商业利益绑架，就没有公正可言，也没有权威可言，自然失去了其真实性，那还有什么值得相信的呢？所以，人最重要的是要有独立的思考和判断能力。一个人可以成为一名粉丝，但要做有独立思考和见解的粉丝。

49

· 拎得清与拎不清 ·

有一种人，我们很难用“好”与“不好”来界定。你说他不好，似乎没那么糟糕，你说他好，也绝对不可能，说是素质差，也完全不至于。我想这个词可能就是“拎不清”。拎不清的人有几个特点，主次不分、轻重不分、善恶不分、早晚不分、自以为是。这种人看上去情商高，其实并不高，看上去很会沟通，其实很不会。拎不清的人，外表上看不出来，聊也聊不出个究竟，只有用了、共事了才知道。拎得清的人，对自己的能力水平有清晰的认知，有分寸、识时务、得体、不极端、懂感恩。当然这里要说明的是，太拎得清的人，其实也是拎不清，因为“太”意味着极端，物极必反。拎不清的人，往往会给你意外，正常逻辑的结果是这样，而拎不清的人给你的答案一定是那样。拎不清的人很难靠学习、培训、交流来改善，需要自己多反思，多换位思考，多修炼自己。

CHAPTER 04

·成长·

01

· 什么样的人，你应该远离？ ·

任何一个人的一生都很宝贵，远离这八种人，让我们的人生不虚度。第一种是爱贪小便宜的人，这种人不管遇到什么事都想沾点光，他们只知道获取，而不知道风险。第二种是懒惰的人，这种人在床上翻个身都觉得自己是在锻炼，死气沉沉，没有一点活力。第三种是搬弄是非的人，这种人经常他家长你家短，无所事事，无事生非，消耗人的精力。第四种是势利小人，这种人仗势欺人、口是心非、欺软怕硬、欺上瞒下。第五种是不守信用的人，这种人不靠谱，也没有时间概念，关键时候掉链子，这种人你怎么能依赖呢？第六种是牢骚满腹的人，这种人一身戾气，发起牢骚来慷慨激昂，实际上什么能力也没有。第七种是借了钱就没有音信的人，这种人借钱不还，而且似乎习以为常，没有音信，连招呼也不打，没有一点羞耻之心。第八种是背后喜欢捅刀子的人，这种人人面兽心，嫉妒心强，外表平和，内心黑暗。你可以对照一下身边有没有以上这八种人，有句话说，“当我们满手拿着垃圾的时候，哪还有空手腾出来接受玫瑰呢？”同样的，如果我们把时间花在这些不值得的人身上，我们又哪有时间去经营我们美好的人生呢？

02

· 如何面对借钱的人 ·

有数据表明，借钱不及时归还的比例高达 90%，而借钱不还的竟然高达 70%。人在江湖上混，难免会遇到借钱的人，我在生意场上摸爬滚打了这么多年，碰到的情况和这个比例差不多。所以，为了防止赖账，我的朋友向我提了三点建议：第一条，任何一个人向你借钱，他本身就准备好了两个答案，Yes 或 No。所以你给他任何一个答案都是在他的预料之中。第二条，掌握一个原则，当第一笔款借出去没有及时归还的时候，千万别借出第二笔，避免重复犯错。第三条，借出去的钱就别指望收回，收不回来权当帮助朋友，自己也不烦恼，所以，控制好还能让自己谈笑风生的额度。

03

· 培养步入成功的四个能力 ·

在学校学外语的时候，老师一直说要培养听、说、读、写四个能力，而我们在社会上要成为一个令人尊敬的人，同样也需要这四个能力。听，就是学会倾听，不要随便打断别人的话，这是一个非常重要的素养。说，该说不说，是木讷，不该说而说，是愚蠢。有句话说，“宁愿闭口让别人怀疑你的愚蠢，也不要一张口让别人证实你的愚蠢。”读，就是读万卷书，行万里路，交八方友，干一件事。为什么是干一件事？就是要垂直聚焦。写，就是要总结、思考和归纳，把这些东西全都变成自己的东西。如果一个人把这四个能力都把握好了，人生一定不会太差。

04
·让客户做选择题·

同样是业务员，为什么做出来的业绩天差地别？区别是：是否让客户做选择题。我经常听到业务员抱怨说“客户不及时回复，有时要催很多遍”。我说，“那是你的问题。”假如你的客户手上有很多事情需要处理，他会及时回应你吗？当然不会；假如客户在与你沟通的过程中并没有获得有效的信息，他会及时回复你吗？当然不会；假如可以用一两句话简单表达的事，你却讲不清楚，那他就更不可能及时回复你了，甚至过两天就忘了。你再催，催得再频繁，客户对你会有好感吗？当然没有。我的建议是——让客户做选择。为你的客户提供A、B、C三个选择方案，并说明三个方案的优劣，便于客户选择，就这么简单。这是提高工作效率最有效的方法之一，同时，也是让客户和领导喜欢你的最有效的方法之一。

05

·什么是领导力·

我理解的领导力，就是让大家愿意跟随的能力。严于律己的表率、以身作则的风范、舍己为人的心胸、舍我其谁的担当、醍醐灌顶的启发、渴望成长的激励、知人善任的眼光、公正公平的原则、资源整合的能力、变革反省的决心、处变不惊的淡定、统筹协同的艺术、远见卓识的洞察、规划未来的眼界、坚定梦想的毅力。这样的人，谁不愿去跟随？

06

· 如何面对面试官 ·

作为一家公司的创始人，我经常会面试各种各样的人。他们虽然也有各种各样的攻略，但是都没有触及本质。根据我们二十年来的统计分析：一般刚毕业的员工，第一年公司是净付出；第二年，员工基本上能自负盈亏，也就是说自己挣的钱刚好够付自己的工资；第三年，才能逐步为企业创造价值。那么如何让他们一毕业就有竞争力，为企业创造价值呢？我的建议是准备 10 句描述自身能力的排比句：我能、我有、我会，我能干什么事，我有什么优势，我会什么技能。哪家企业不喜欢技能多、有特长、有资源的呢？如果一问三不知，哪家企业愿意用你呢？所以说，优秀的毕业生可以在面试官面前开价，而能力欠缺的人只能被人“砍价”，两者天壤之别。

做一个能让老板省心、放心、开心的人。

07
·老板看重什么样的能力·

老板看重的能力有很多，希望员工最好是个全才，比如一流的沟通能力、一流的统筹协调能力、完美的应变能力和创新能力等等。我自己做老板这么多年，越来越意识到，老板最在意的是独当一面的能力。愿意独当一面的，首先是一种责任和担当，这种人可以让老板敢于把梦想做大，让老板省心；能独当一面的，必定要有能力和技术，这种人不会折腾老板，不会让老板烦心，而是让老板放心；能独当一面的，更重要的是综合能力强，这种人考虑问题全面周到，有智商、有情商，让老板开心。一个能让老板省心、放心、开心的人，老板怎么会不看重呢？

08

· 领导为什么愿意把事情交给你 ·

一个人在企业里或者某个组织里混得好不好，除了该有的工作和管理水平之外，能不能让人“爽”是一个重要原因。比如，晚上9点多，忽然有个紧急的事情，那么领导会把这个事交给谁呢？小A、小B、小C都是目标人选，但领导知道小B一般不会及时看微信，也不会及时回电。小C做事不到位，偶尔还露出一点被动的情绪。而小A几乎任何时候都可以进入工作状态。在这样的情况下，你会交给谁呢？肯定是小A吧！因为小A让领导交代工作时没有后顾之忧，让领导觉得“爽”，所以不管什么事情，领导的心里第一个就会想起小A，自然地，小A经历的就多了，接触的人也广了，成长也就快了。所以，能不能让别人“爽”，也就决定了你的人生会不会“爽”。

09

· 做一个值得托付的人 ·

我们的一生，大多时间都在团队群体中度过，一天八个小时，人的一生是否和谐，八个小时内的工作氛围至关重要，关键一点是让自己成为别人愿意托付的人。我愿意把事情托付给你，说明你做事爽快，值得信赖；你愿意拜托我，说明我靠谱热情。在一个团队里，千万不能吝啬你的热情。这样在你需要别人的时候，别人也会乐意助你一臂之力。假如实在无能为力或时间上不方便，也应该友好地说明情况，千万不要来一句，“不好意思，那不是我的工作范围。”那种令人尴尬的答复会破坏整个团队的氛围，自己也不会愉快。好的言行会让我们成为好伙伴、好同事！而好伙伴、好同事就如同心灵的绿洲，和他们交往，令人心生愉悦！

10

· 和谐的团队关系 ·

团队关系要保持和谐，其核心就是信任。我们经常会遇到这样的同事，偶尔提前下班时，会说一句，“我先走了，我有事儿。”虽然他没有义务告诉同事为何提前离开，别人也无权干涉他的私事，但如果团队里都是这样，就缺乏了基本的信任。其实，就算有事先离开也可以大致说明一下原因，比如，“我今天有个老同学来了，我要请他吃饭，就先走了。”同事很可能回复你一句，“好！聊得开心。”整个氛围就不一样了。有人却不以为然，为了能感同身受理解这样的氛围，我打个极端的比方：如果深更半夜，你的老公或者妻子突然拿着手机跟你说，“我有事儿，出去一下。”第二天又说，“我有事儿，出去一下。”你一定会觉得奇怪。所以，无论是团队还是家庭，和谐的关系靠的都是有效的沟通和信任！

11
·做自己·

人作为个体的伟大之处在于什么？唯一。既然是唯一，我为何要拷贝别人呢？在世界各国的总统中，有内向的，有外向的，有瘦的，有胖的，有健康的，也有坐着轮椅的，他们之所以能成为总统，就是把自己的优势和特点发挥到了极致。乔布斯在选择库克当CEO的时候，就和库克说过，不要想如果是乔布斯的话他会怎么做，就做自己，就做自己觉得正确的事情。所以，做自己就是忠于内心，坚持自己的特色和优秀的地方，不要轻易被外界意见所左右。当然了，你要做自己，也不能一无是处，不能把躺平和无能当个性。要知道，做自己并不是随心所欲，对外界毫不在乎。

12

· 轻易说不能就是无能 ·

当一个人说“做不了”的时候，他必须是个权威，因为他代表了一个组织的脸面。如果事后有人做成了呢？便证明了我们的无能。而当一个人承诺“没问题”的时候，他必须是个专家，否则一旦失败便成了牛皮。在一个组织里，任何一位员工都是组织的脸面，一旦对外便代表了组织。任何层面的员工，当面对自身资源无力解决的时候，应当向上一级寻求帮助，而不是轻率地回答“办不了”。因为不同层面的员工，他们的能力不一样，资源不一样，更重要的是意识不一样，洞察力不一样。而你回复“能”或者“不能”就代表了组织，但是你的答案真的能代表组织的能力吗？

13

· 过去的所作所为，就是我们今天的成为 ·

无数的事实证明，我们今天的所作所为，就是我们明天的成为。一个为自己寻找借口的人，只是在为未来更大的失败准备理由。所以，借口越多的人，人生越失败，一味怨天尤人的人，只是证明了自己的窝囊。牢骚、埋怨越多的人，越不讨人喜欢，还有谁愿意给你成功的机会呢？一味追求公平的人，只是证明自己的不幸，强者只重视形式上的公平，而弱者才会在乎结果的公平。一味强调尊重的人，只是证明自己的弱势地位，缺乏自重。真正优秀的人知道尊重别人，弱势的人本身应该积累自己，学会自重。强者不强调公平，强者也不会追求尊重，尊重不是别人给的，而是自己的奋斗赢得的。明天我们将成就什么样的人生，一切在于我们今天的所作所为。

人的一生并不是追求认同，

而是赢得尊重，

14

·如何活出自己的特色？·

在这个万物互联的时代，做自己已属不易，活出特色更难。一个人要活出自己的特色，首先要有坚定的信念！做自己！Be yourself！Be keyone！照顾好自己的身体，照看好自己的灵魂。不在乎有多少粉丝，不在乎有多少点赞，不去蹭热点，也不怕爆冷门。不因消极的评论而丧气，也不因溢美的评论而雀跃。不断地深耕积累，做自己内心有激情的事，做能为客户创造价值的事，做对社会有长期贡献的事。人的一生并不是追求认同，而是赢得尊重，只有与众不同，创造独特的价值，才能赢得尊重，才能活出自己的特色。

15

· 这样的口头禅要不得 ·

“那又怎样呢？”“这个别问我。”“这不是我的事儿。”“我也没办法。”“这个我不会。”“我不行的。”“下次吧，下次吧。”“这个明天我一定！”“明天，这个事还得明天办。”“这个事情我有错吗？”“不好意思，这是我的私人时间。”“我的工作对得起这点薪水。”“我拿多少钱干多少事。”“我已经尽力了，我就这个能力。”……诸如此类。经常有这样口头禅的人很少有作为。

CHAPTER 05

·教育·

01

·父母的一片好心却不是孩子们要的·

毫无疑问，天底下最无私的就是父母，父母所做的一切都是为了孩子，都是希望孩子们好，可为什么焦虑症、抑郁症的孩子却越来越多呢？如果父母是为了孩子们好，但所做的一切并不是孩子们想要的，这一方面体现了父母对孩子的爱，或许也体现了父母的伟大和远见，但另一方面也恰恰体现了父母的自私。因为父母没有让孩子活成他们本来的样子，而只是希望孩子活成自己想要的样子。每一个生命最了不起的地方，就在于每个孩子都是孤本、是唯一，拷贝得再好，活成了别人的样子也只是复制品。当父母拿着世俗标准要求孩子的时候，有没有考虑过孩子的意愿和个性？事实上，一个人最大的动力偏偏来源于意愿，一个人最大的魅力偏偏在于他的个性。为人父母，最重要的就是把孩子的优点发挥到极致，而不是消灭孩子的缺点。对于孩子在成长中的一切困惑，我们都应该倾听、好奇，而不是压制、否定。否则，父母就变成了独裁者，变得冷酷无情，家也没有温暖可言。

02

· 不要期待孩子活成你想要的样子 ·

科技越来越发达，社会越来越进步，可现在有抑郁症的孩子却越来越多了。一方面是因为父母焦虑，工作繁忙。也许是因为生存的压力，也许是为了追逐名利，导致没有时间陪伴孩子。有时候即使有时间也没有耐心，即使有耐心也未必很用心，从而让孩子感到孤独、失落。另一方面，父母过于优秀。优秀的父母总是希望孩子也优秀，甚至比自己更优秀。有的孩子确实也希望自己能比父母优秀，但优秀的父母往往得益于时代背景。优秀的父母即使没有故意给孩子施压，孩子也会感受到无穷的压力，更何况许多父母在无形中、在有意无意中会给孩子造成压力，即使口头上他们并不承认。要解决这个问题，解铃还须系铃人。我们需要明白，孩子是需要陪伴的，孩子是需要鼓励的，孩子是需要倾听的，孩子是需要共情的。孩子们的内心非常敏感，不花时间、不用心经营就无法给予他们真正的陪伴。

03

· 对孩子而言，妈妈只有一个 ·

我曾经看到一本书中，描写了一个女儿和她妈妈的对话。女儿说，“高尔夫你不陪我打，饭也没给我做过，上学也从来没送过我，你是一个合格的妈妈吗？”她妈妈说，“高尔夫我请了专业的教练教你。你上学，我让司机送。做饭妈妈不擅长，所以请了阿姨。我只是请了更专业的人来做这些事情，目的就是得到一个更好的结果。”女儿反驳说，“如果什么都让更专业的人去代劳，那我还要一个妈妈干吗？”女儿的意思是，不能因为自己做得不专业就不去做，况且妈妈根本不需要专业。教练再专业，阿姨的饭再好吃，司机的车开得再稳，都永远比不上妈妈的陪伴！妈妈的爱，远远胜于一切！

这段对话也让我思考良久，我感受到书中的孩子虽然享受了一流的辅导、教育和服务，但并不开心。当一个孩子在应该开心和幸福的时期却没有感受到这些，这样的家庭教育还能称之为成功吗？我们是否扪心自问过，“孩子优秀”与“孩子幸福”哪个更重要？在孩子的眼里，各种各样的老师有很多，但妈妈只有一位，爸爸也是。孩子要的不是让她更优秀的专业教育，而是能陪伴她、让她感受到爱的爸爸妈妈。类比生意中的客户服务，孩子就好比是我们的客户，但我们却远远没有把客户服务到位，因为我们给予他们的是我们认为好的，却未必是他们内心想要的。

04

· 孩子们在意的是什么？ ·

家长们在一起聊的话题，总绕不开这几个话题："你的孩子在哪里上学，我的孩子考第几名。""你的孩子擅长什么，我的孩子有什么技能。""你的孩子获得了什么荣誉，我的孩子得了什么大奖。"这虽然也是一种沟通交流，但本质上却是在攀比，甚至是在炫耀和展示优越感。很少有家长能真正聊到孩子的心灵感受。父母在意的大多是学习成绩和技能荣誉，但孩子真正在意的却是陪伴和关心。相比而言，技能是可以倾注一生去学习的，不在于早晚。但爱的能力却是需要从小培养的，如果这方面输在了起跑线上，才是一辈子的问题。一个人一旦缺乏了爱与被爱的能力，一辈子都难有幸福。所以，不要担心孩子输在了起跑线上，真正需要关心的是，在起跑线上，我们应该培养孩子们什么样的能力！

CHAPTER 06

管理

01

·我没有发现有问题·

在我们的日常工作中，特别是在质量管理中，大多会在陈述问题时说，“我没有发现有问题。”其实，没有发现问题不等于没有问题，只是可能有问题，但你没有发现罢了。那么，作为一个非常有责任感的人，应该怎么表达或承诺呢？他应该明确地说，“确认没有诸如此类的问题！”因为说“我没有发现有问题”在某种程度上就是在为万一出现的问题替自己开脱，是在为自己可能的过失寻找借口。而如果能作出承诺说，“没有问题！”这是一种完全不同的担当和责任，完全是两种境界，其责任感完全不在一个层面上。

02

· 团队风气不正怎么办？ ·

说到团队风气，一般会认为与团队文化有关，与团队纪律和制度有关。错，但不全错，错在没有说到核心。中国有句话叫“上梁不正下梁歪”，一个部门的风气不正，一定是部门领导的问题，首先必须开除掉部门领导。更重要的一点，是因为人多事少，没有目标，从而人浮于事，因为人浮于事才会无事生非，“生非”正是因为“无事”。有个对联说，“是非人说是非事，无事生非，朦胧时讲朦胧梦，有梦不觉。”团队风气代表着团队的战斗力，战斗力就是有明确的目标，并让大家忙起来。

03

·培训调查应该怎么做·

我经营企业二十多年，深深意识到培训的重要性。但对于培训，很多专业的培训机构也做得不够专业，他们几乎都是在给员工做培训需求调查。试问，你脸上有雀斑，你看得见吗？看不见，除非照镜子。但是，雀斑一定得去掉吗？不一定，万一她老公喜欢呢。员工培训，就是为了提升自己的核心竞争力，以便能更好地服务好自己的客户，而只有客户才知道他的上游在哪些地方需要提升。所以，与其向员工做培训需求调查，不如调研他所服务的客户。最好的办法就是参加各部门的例会，例会上一定有问题、有牢骚、有抱怨，而抱怨在哪里，培训就在哪里，道理就是这么简单。

04

·考虑问题太细的人，往往会影响团队目标进度·

考虑问题周全的人，历来被认为是周到、细心的正面角色。但是一旦过于周全，难免会影响进度，以至于最终完不成目标。试想一下，每一次会议或者行动都是为了完成某个目标，如果因为一个特殊因素而影响了整个进度或者目标的实现，所有行动就没有意义了。经常会有人在会议中提出一个特例，一旦特例被提出，那几乎整个流程就都被否定了，事情也无法进展下去。也许这个特例对整个计划的影响不到2%，或者根本不会有影响，但正是因为这个特例，整个计划的执行和目标的实现都会被影响，值得吗？我的观点是，这种细节的、周到的思考值得被赞赏，但不能因为可能的特例影响了整个计划的执行，所以务必把握好总体计划和细节特例的平衡，绝不能因小失大，捡了芝麻，丢了西瓜。

05

· 保守的咨询公司怎能培养出优秀的企业 ·

企业在发展的过程中不能闭门造车，需要“外脑”，这里的“外脑”其实就是咨询公司。我们曾经与一家国内比较有名的 HR 公司合作，合作之初，对方对我们进行了调研，和我聊了两个多小时，和公司的一些高管也聊了一两个小时。过程中，他不断地记录我们的一些问题，同时我发现，他也在不断地记录我的一些金点子。两周后，他给我报了价，大概 400 万。我告诉我的 HR 总监，说 100 万我都不要。后来，那家公司问我原因，我说，“在与你沟通的过程中，我没有发现有什么亮点。”他们回复我说，在与客户沟通的过程中，他们一开始并不会把自己的点子都说出来。但我想，沟通是双向的，你在评估我的问题，我也在评估你的水平、你的能耐。你一言不发，我怎么知道你究竟强在哪里？我怎么知道你有哪些地方能让我醍醐灌顶？如果你担心说出你的金点子我会剽窃的话，你又有多深的底蕴呢？

06

· 旁观者 ·

早在十多年前，我就在观察我的客户，那些六十多岁还冲在一线，为价格讨价还价的老板，他们的企业大多走向了衰败。要想企业发展长远，创始人要尽早隐退成为一位旁观者。理由有九个：第一，尽早隐退可以让新人有更多的机会挑战自我，承担责任。想一想，一个创始人七十多岁才退休，六十多岁的二代还会有激情吗？五十多岁的三代还能看到成长的希望吗？第二，尽早隐退可以有更多的时间读书、交友、旅行，从而获得更高的事业、更高的维度和更高的认知。企业发展的瓶颈就在于一把手的视野、思维和认知。天天待在办公室里，能有世界一流的眼光吗？第三，尽早隐退成为旁观者，可以进退自如，二代做得好就再退一点，做得欠缺再稍进一步。更重要的是，万一发生失误，可以从旁观者的角度作个解读，帮助微调，否则一言九鼎，驷马难追，很难收场。第四，尽早隐退是时代的需要。这个时代的发展速度已经远非工业时代、电子时代可比，上一代人学习了解当代的速度远远比不过这一代人。第五，尽早隐退是主动隐退，退居幕后，而非不得已而为之，其结果是其乐融融，相反只能是抑郁苦闷。第六，尽早隐退也是为了团队组织更好地组合。创始人没有必要再去逞能，比技术、比能耐，而应该积累经验、智慧来培养下一代。第七，尽早隐退成为旁观者，可以从不同的角度、距离看问题，从而更全面、更清晰。第八，尽早隐退是创始人的最高境界。隐身不等于无为，无为而无不为才是最好的结果。后其身而身先，外其身而身存，这是自然的结局。第九，尽早隐退是舍得的平衡，舍去的是权力和光环，得到的却是从容、格局和智慧。

07

· 如何鉴别 HRD 是否优秀 ·

作为一名人力资源总监（HRD），要让高层领导满意真的很难，而市场上优秀的 HRD 真的太少。我面试过不少 HRD，大多与我的预期相差甚远。有的人跳槽太频繁，几乎十年跳了四五次。跳槽太多，要么是被辞，要么是主动辞。被辞，大多数是能力与收入不匹配，或创造不了匹配的价值。而主动辞职，大多是与期望不符，这只能说明自己的判断和眼光不行，但这偏偏是 HRD 应该具备的重要能力。我也会在意 HRD 的家庭关系，但凡家庭不和睦、婚姻有问题的，大多缺乏心胸格局，情商也不会太高；如果遇到提问，对方顾左右而言他，大多是不自信的表现，也无真才实学，说明执行力必定是欠缺的，这样的 HRD 很难给公司引进优秀的人才。

08

·被误解的“群龙无首”·

《现代汉语词典》里对“群龙无首”的解释，是比喻一群人中没有领头的“羊”。对此，我们往往理解为是一个乱糟糟、无秩序的团队，因为我们只关注到了“无首”，却忽略了“群龙”。群龙无首不是“无首”，而是感受不到“首”的存在。就如同《道德经》里所说的“太上，下知有之”，只知道太上的存在，却感受不到太上的存在一样，这才是“去中心化”的互联网思维，才是管理的最高境界——无为而治。“一将功成万骨枯”是一种状态，也是一种成功，那是以“万骨枯”作为代价；而“群龙无首”是一条龙成就一群龙后的隐退，是最智慧的成功，那是“功成，名遂，身退，天之道也”。

09

· 你是人力资源总监该怎么办 ·

曾经有一位人力资源总监来面试，我问他，“当老板的意见与公司价值观不一致，或者有冲突的时候，你听谁的？”他几乎没有犹豫，但很小心地回答我“听老板的”。我相信，一定会有老板喜欢这样的答案，否则也不会有这样的答案。但是我不喜欢，最后也没有录用他。公司老板也是人，难免有情绪化和感情用事的时候，未必能与价值观保持 100% 一致，能做到 90% 以上已经不错了，否则价值观就失去了意义。如果一个企业唯老板马首是瞻，这当然是立场正确，大多数老板是开心的，但企业要行稳致远，没有共同认可和共同遵守的价值观则肯定不行。一个企业如果不能以价值观为思想指南和行为准则，而是以领导的个人喜好和心情为决策依据，这家企业一定是危险的。一家公司的价值观虽未必是绝对真理，但一定是大家都能认可的普世价值，比如诚信、敬业、利他、实事求是。如果不管发生什么都要听老板的，虽然意味着立场正确，但难免与价值观产生冲突。如果与诚信相违背就意味着虚假，如果与实事求是相违背就意味着弄虚作假，如果与利他相违背就意味着利己自私，如果是这样的企业、这样的人力资源总监，企业的员工又何去何从？价值观是统一思想、统一行为从而提升企业凝聚力的，没有对价值观的遵守，企业将会成为一盘散沙。这样的人力资源总监还不如不用为好！

10

· 客户的问题归根到底还是自己的问题 ·

某公司销售业绩下滑，老板组织各部门进行分析。销售部门说，“因为竞争对手的产品成本低、更新快，我们研发部门要好好反省！”研发部门说，“因为业绩下滑，公司利润下降，我们的预算只有对手的一半。”财务部门说，“采购成本大幅上升，再不砍费用，公司就会亏本。”采购部门说，“我们采购成本上升了 10%，因为俄罗斯矿山爆炸导致了原材料上涨！”“哦，原来如此！”大家松了一口气，谁都没有责任。这就是典型的俄罗斯矿山爆炸事故。在我们的工作中，这样的场景并不陌生，动辄材料质量不好，动辄工艺不合理，动辄客户确认不及时……都是别人的错。记住，我们每个人也都是别人口中的“别人”，都说是别人的问题却从不说是自己的问题，这其实就是推卸责任。如果我们能养成一种习惯，任何问题都是自己的问题，永远不说是客户的问题，我想俄罗斯矿山的问题就不会成为问题。归根结底，问题的产生不在于问题本身，而在于自己的思维问题。

11

· 人为什么迷茫？ ·

有个朋友跟我说，他们公司的员工普遍觉得很迷茫，希望我跟他们的员工聊聊天。其实这个问题让我有点为难，因为在我看来，员工迷茫不迷茫，一定是团队领导的责任。为了方便朋友理解，我举了个例子。我问他们，“你们开车去一个陌生的地方用不用导航？”他们说，“当然用。”我说，“为什么用？”“因为导航会告诉我哪条路最近，哪条路最快，而且根本不会跑错路。”“那么在一个团队里，谁是导航？谁是我们的北斗呢？”大家不作声了。其实，团队领导就是团队的北斗。如果团队迷茫，那么责任就在团队的领导！如何不迷茫呢？我一直提倡三句话：读万卷书，行万里路，交八方友。每逢我有一点迷茫的时候，我就会至少买三本相关的书去学习研究寻找灵感，或者走出去看看市场、看看展会，偶尔约几位有想法、有高认知的朋友聊聊天，所有这一切都会给我很多很多的灵感和启发，怎么会迷茫呢？

12

· 信任决定了交货期 ·

十多年前，客户问我，“Jeffrey，最快交货期需要多长时间？”我说取决于信任。他一脸茫然，交货期与信任有什么关系？当然有关系。今天你给了我一个样品，如果你信任我，相信一定可以做出一样的甚至更好的产品，我也相信，在我交货以后你可以按时付款，那么我就可以立刻开始生产。也许需要 3 天，也许只需要 3 个小时，这完全取决于信任。如果没有信任，样品 3 天、邮寄 3 天、合同 3 天、定金 3 天、生产 3 天、尾款 3 天，合计需要 18 天，3 天与 18 天之间有巨大的差别，这就是信任决定了交货期。

13

·利己还是利他，决定了企业的命运·

十多年前我就预测到了有家服装企业会走下坡路。当时我去参加他们的供应商大会，创始人在会上向近 800 家供应商描绘了自己品牌的发展蓝图。听完以后，我心生疑虑，他说的能实现吗？之所以疑虑，一方面出于该公司本身的基数比较大，二是出于互联网销售刚刚开始展现潜力，三是相继出现的竞争品牌会不会蚕食市场份额。因此我作出判断，该品牌的未来目标大概难以实现。更关键的是，他只谈自己的未来，不关心供应商的未来，怎么能持续呢？相反，另外一家国际知名的服装企业就不一样，老板也会畅谈未来，但他们强调的是，在已有供应商的渠道里，让供应商与他们共成长。就是说，如果他能实现三年翻番，供应商也会跟着他一起翻番，谁会不愿意跟着他干呢？利他与利己，两种选择决定了各自的命运。

14

· 客户为什么挑剔你？ ·

很多做生意的伙伴都跟我抱怨，“我的客户太挑剔了。”我通常会告诉他们，“你得好好谢谢他们，所有的精品都是挑剔的客户逼出来的。”客户挑剔你，是因为你不够专业，如果你专业，他只有听话的份。我们经常可以听到这样的对话，“哇！你太专业了，听你的，你说了算。”在客户挑剔抱怨的时候，其实是在告诉我们要改变思维方式。善于鼓励赋能的人是最好的老师，因为他给了你信心，而挑剔的客户也给了你方向，指出了差距，难道不是吗？除非你的内心不够强大。

15

·“两千万”的生意经·

经营生意无非是客户关系、价格、质量、交货期，可是有一点千万别忽视了，那就是及时收款。我敢说，经营了十年以上的企业，几乎没有一家企业是完全无外欠款的。要知道，100 万货款收不回来，就相当于 1000 万的生意白做，而且收不回来的全是净利润，因为该花的钱已经花掉了。所以，一定要记住两个“千万”：第一个，千万别让客户逾期欠款，你及时出货是天经地义，他及时付款也是天经地义。如果只管出货不管收款，只能说你是个傻子，根本没有公平与尊严可言，而且还会被客户看不起。第二个，千万别让客户欠钱太多，欠你 100 万，他可能还是个好人，欠你一个亿，他想成为好人都难。

16

·营销的最高境界：不卖任何产品·

营销的核心不在于卖，而在于不卖。通俗一点，卖什么就不是卖什么。更通俗一点，卖水果的不是卖水果，而是卖健康；卖化妆品的不是卖化妆品，而是卖美丽；卖帽子的也一定不是卖帽子，而是卖时尚和回头率；卖课程的也不是卖课程，而是卖家长对孩子未来的期盼。

17

· 战争与营销 ·

你一定听说过商场如战场，却未必听说过战争与营销。冷兵器时代，单兵作战一对一；冷兵器时代，零售买卖一对一。八九十年前要赢得战争，靠炸弹狂轰滥炸；八九十年前要赢得市场，靠广告铺天盖地。三十年前，为了制空权，靠导弹精准轰炸；三十年前，为了占领心智，广告精准投放。战争需要知己知彼，营销需要洞察消费者心理；战争需要出奇制胜，营销需要与众不同；战争需要多部门、各兵种的立体协同，而营销则需要各团队、各渠道的矩阵支持。在现代“战场”，单军种赢不了全面战争，单一的团队也成就不了品牌。战争的目的是赢得胜利，而营销的目的则是卖出产品。战争的最高境界是不战而屈人之兵，让对手不敢对抗，而营销的最高境界是客户主动想买，抵抗不了品牌带来的诱惑。

18
· 我的营销理论 ·

营销从 4P 理论到 4C 理论是一个发展历程，但是中断了好多年，越来越不能体现营销的精髓。根据我对营销的理解，我认为营销关键有五个字母，“VICES”，即价值（Value）、想象（Imagination）、沟通（Communication）、情感（Emotion）和解决方案（Solution）。

也就是说，营销是通过沟通（Communication）从而产生情感（Emotion）依托或者拥有后的想象（Imagination），最终让对方意识到产品或者服务的价值（Value），他是满足心理需求而不是功能需求的解决方案（Solution）。而营销是基于人性的弱点，所以有点恶（Vice），而过度营销就是恶，而且还不是一点点的恶（Vices）。

19
· 细说营销 ·

营销基于价值，推销基于价格。品牌靠的是营销，而营销靠的是想象力，营销卖的不是产品，而是美好的期待。营销基于精神，推销基于物质，营销的是想象，推销的是产品，营销的是价值，推销的是价格。营销是以客户为中心，如何让客户喜欢并想买我们的产品，突出的重点在于稀缺和差异化，重在无形；而推销是以自我为中心，怎么把产品卖给你，突出的重点是功能和价格还有服务，重在有形。营销满足的是desire（欲望），而推销满足的仅仅是need（功能需求）。高价位品牌卖的是稀缺，卖的是与众不同和拥有后的独特感受，这是价格无法衡量的，而这才是作为品牌溢价的来源。所以真正的高级品牌要实现sale（销售），也许需要一点点的promotion（促销），但更需要的是满足精神层面的marketing（营销）。

20

·越聚焦越成功，企业越容易做大·

看苹果公司的战略选择，再看看我们自己的战略选择，就会发现为什么差距这么大！我们总认为有钱什么事情都可以做，但我现在才发现，越聚焦，越成功，越容易做大。苹果公司强大而富有，要人才有人才，似乎没有什么做不了的，但它偏偏是一家极致聚焦的企业。苹果公司没有因为自己富有而什么都做，对它而言，战略就是选择不做什么，而不是做什么。反观有些企业，一旦做大，就什么都想做，虽然多元化了，但规模上达到世界级的少之又少。就我们国家而言，人口是日本的十倍，是美国的四倍，如对比人口比例来看，企业规模也真是小得可怜，这一点难道不值得我们反思吗？

21

·品牌难以走向国际化的十个原因·

经常在国外跑，发现很多高级品牌都是法国制造、意大利制造、德国制造，其他国家相对较少，我分析了一下，大致有十个原因：

第一条，现在经营品牌的大多是工厂出身，而做工厂的大多数是成本思维和产品思维。而品牌要的是品牌思维和营销思维，做工厂的普遍缺乏营销思维。

第二条，做工厂的成功往往靠价格战取胜，在品牌经营中还是脱不了价格战，应该要记住的是，品牌的价值与价格没有必然的联系。

第三条，如果在过去的二三十年里，给外界造成的印象是质量差，缺乏信任感，那要改变这个印象需要时间，成为品牌就更难。

第四条，品牌影响力与国家经济实力有关、与国家影响力有关、与国家的文化输出有关，当一个国家的文化有了国际影响力，品牌就会比较有影响力了。

第五条，非英语国家的品牌名不那么国际化，比较难记忆。虽然有些品牌用的是英文，但又感觉很山寨。

第六条，如果品牌普遍缺乏故事、缺乏传承，也难以成功。

第七条，太多品牌普遍缺乏通用的外形和国际化的形象。

第八条，许多企业缺乏有国际视野的品牌运营的管理专家，特别是营销人员、创意人才。

第九条，品牌的成功需要自信，需要民族自信和文化自信，这也是许多品牌的创始者需要积累的。

第十条，如果要成功少不了与精英人物关联，精英人物往往是品牌最好的背书。

综上所述，未来，品牌要真正走向世界，被世界认可接受，一定是一个漫长的过程。品牌的国际化任重道远，只争朝夕。

22

· 一味地倡导人性化，会毁了一家企业 ·

曾几何时，“是否人性化”似乎成了衡量一家企业优劣的标准，更成了衡量企业价值观的准绳。世界上真正优秀的企业大多并不人性化，而在外界看来非常人性化的企业很少有真正优秀的。如果确实优秀的，那是因为没有看到背后非人性化的一面，人性化而优秀的企业，背后一定有非人性化的制度设计。

都说企业如人，我们可以想象，一家人性化的企业，却从未奢望客户对我们人性化。尽管一家企业有无数的理由可以解释，可以被同情，甚至可以流泪，但是市场不会同情你，客户不会同情你，更不会为你擦干眼泪。真正厉害的人，都是反人性的，他们利用人性的弱点获胜；真正厉害的企业，也是反人性的，他们利用人性的弱点盈利。巴菲特说过，“当别人贪婪的时候我恐惧；当别人恐惧的时候，我贪婪。”这就是反人性。通俗一点，就是对别人反人性，对自己顺人性。能不能成为股市高手，不在于经验，也不在于技能，而在于谁能控制住自己贪婪的欲望。贪婪的欲望，就是人性的弱点。

企业由人组成，倡导人性化的人，其企业也一定是人性化的企业。什么是人性？人性的根本就是贪，无本起利、不劳而获是人性，躺平是人性，刷屏追剧也是人性，只有努力、自律、拼搏才是反人性的。吃得苦中苦，是反人性的因；方为人上人，是反人性的果。天道如同人道，都是因果。人间正道是沧桑，吃苦本身是反人性的，但符合人道。人道不等于人性，人道不是躺平，人性却要躺平。看来，一家企业如果一味地倡导人性，而不是人道，会毁了这家企业。

23

·“0”缺陷的可能性·

马斯克把100万人送上火星的想法，在二十多年前，简直被当成神经病，现在还有多少人怀疑？他的火箭回收梦想，他的星链计划，每一个计划都疯狂得让人难以置信，可他却一个一个、一步一步地将这些变为了现实，其奥妙就在于分解。

分解，让一切困难迎刃而解；分解，让遥不可及的目标成为可能；分解，也让看似不可能成为现实！

为什么提出“0”缺陷这样的目标？因为客户付我们100%货款的时候，为什么我们只能提供99%合格率的产品？这不合理，良心上也过不去，所以才会有“0”缺陷目标。我想，任何一件复杂的产品都可以不断地将其工序细分，直到细分到每一天。保证在一天内不出问题，这不难吧？既然一天没问题，为什么不可以两天？既然两天可以，为什么不可以一周，然后一个月、一个季度、半年，直至全年？所以，无论目标有多么遥不可及，都有一步一步实现的可能。

不分解，连行动的欲望也不会有，更不用说斗志。就算最终还是会出点问题，那也只可能是万分之一的概率，而不是千分之一，而这本身就是巨大的进步。

“不积跬步，无以至千里；不积小流，无以成江海。”这是积累的力量，反过来看就是分解的力量！分解，可以让一切成为可能，可以让伟大变得平凡，也可以让一切平凡成就伟大！

24

· 机会是如何丧失的 ·

因为我们的院子要做绿化，于是让一家公司做个方案。对方说，“刚过年，起码要10天时间。”我说，“太久了，等不及。”何况10天以后的方案还不一定能让我满意，于是我说，“那我就再找另外一家公司试一下吧。”结果无形中为他增加了一个竞争对手。有意思的是，他第三天就把方案拿给我了。而另外一家公司第四天也把方案给我了，两家公司各有优势，最后只能比价，而且我还提了较高的要求和严格的完工时间。结果，原本我内心已经认定要把订单给他的那家公司失去了机会。看来，失去机会很简单，就是因为速度和服务跟不上，不能全力以赴。更重要的是，如果未来有人觉得我们的绿化做得挺好的，希望我介绍供应商，我应该介绍谁呢？机会就是这么错过的！错过一次，就可能错过第二次，直至输了全局！

25

·细节决定了城市的管理水平·

有一年我去某个城市出差，下了火车发现停车场离出口挺远的，那天正好下雨，感觉很不方便。虽然朋友来接我，但还是让我对这个城市充满一肚子的怨言，“为什么在设计的时候没有考虑到能让旅客更方便呢？如果这个时候是城市的主管，他又会怎么想呢？”我想，如果一个城市的主管或者有关决策者能处处体验居民的生活，我相信一个城市的便利程度和周到程度一定不一样，如果只是坐在办公室做决策，难免不周全。于是我忽然觉得，一个城市是不是“官僚”，可否从它是否便利了客户，是否方便了居民而窥一斑知全豹呢？！

26

· 授权 ·

授权是让人成长的最好的管理方式。你不让他试一下，怎么知道他不行呢？当然，试一试也一定是有条件的，比如授权让一只猪飞起来就是不现实的，即使遇到风口。而一旦失去风口，猪就会摔得很惨，最后害了那头猪，也影响了整个团队。授权一定是在观察和小试牛刀以后进行的，并在不断磨合后逐步扩大授权。授权绝不是甩手掌柜，甩手掌柜不是授权而是不负责任。授权就如同放风筝，有根线拉着他，不时地影响着他，有一定的自由，但也不是绝对的自由。等有一天他对未来的事业有了更深刻的了解和洞察，能得到的授权就更大了。这时候，牵引着风筝的就不再是那根有形的线，而是无形的线，这根无形的线就是企业文化，就是价值观。

CHAPTER 07

·案例分享·

01

·耐心和真诚总能收获感动·

在我收藏帽子的经历中，我不能忘记一个人，就是宁波的胡永权师傅。我有一位朋友叫钟先生，可能是因为我为人靠谱，他总是喜欢给我介绍帽子界的各位朋友，那次在宁波，他给我介绍了在帽子界经营了三十多年金丝草帽的胡永权师傅。胡永权向我展示了他收藏的三四十年前的金丝草帽，有几百顶。我当时想全部都收回来，但他就是不愿意，最后好说歹说才给了我几十顶。我也理解帽子人的情怀，总希望把好东西放在自己眼前，哪怕平时看着也觉得舒服。他看我这么喜欢帽子，就又从他的收藏柜里拿了两顶帽子。我一看，简直是博物馆级别的！我让他开价，他却怎么也不愿卖给我。

后来每次去宁波，我都会到他那里去看看，跟他聊聊。大约过了四年，他终于被我的真诚打动了，答应把帽子给我作收藏，并且一分钱都没有要！从此以后，我一直告诫自己：要善待别人，做一个有价值的人，做好帽子博物馆，要对得起这么多关心我的朋友。

02

·真诚赢得的机会·

我是如何得到一个好店铺的？2021年，我们在上海淮海中路武康大楼旁的“帽仕汇时尚空间”正式开业了。当时来了很多朋友，他们都感到很奇怪，“帽子哥，你怎么会有这么好的运气，店铺能占据这么好的位置？”我说，“把人做好！”我并不是想教育别人“把人做好”，而是因为我那次真正地做好了，才有了这样的机会。那天，为了找到一个合适的店铺空间，我一大早就步行寻找。在复兴中路，有家卖民国家具的古董店，我跟店主表明了我喜欢古董和跳蚤市场，同时也夸了一下他们店铺的布局，询问了店租。我告诉店主，我们在寻找一个空间，想开个帽子店，大约60到200个平方。店主告诉我，在淮海中路武康大楼旁，有一家家具店之后要搬走，还说那儿人流量挺大。交流中，我看到一个铜基座大理石台面的茶几，表示了兴趣。店主告诉我3500元，我说，“不贵嘛！”随即便加了店主微信，付了500元定金。正准备离开时，店主说，“你要不要去看一下？”店主看我犹豫(因为那天是周五,我答应了女儿一起吃饭)，随即说，“我叫个车陪你去吧。”我被他的热情说服了。当我们来到家具店时，老板正在打包，准备搬迁，他告诉我，“因为这里不方便停车，家具搬着上下非常麻烦，只能搬走。”然后告诉我，“正好下午想把招租广告贴出去。”我说，“别贴出去了，租给我吧，正好我也喜欢民国家具，说不定还可以留下几件。”就这样，我得到了这个店铺。

如果我是个纯粹的生意人，面对店主 3500 元的报价，我一定会压到 2500 元，然后可能轻松地在 3000 元成交。但我没有这样做，我只是做了一件良心的事情，我觉得 3500 元挺便宜。也许是因为店主觉得我爽气，就主动表示打车带我去看一下。如果店主不打车带我去，我当时也一定不会去，下午就更不会去了，那也就会失去了这次机会。因为我“良心”了一回，店主也就很爽快地帮了我一回，才让这一切成为可能！

03

·如何获得奢侈品订单·

2017年8月，我在美国洛杉矶罗迪欧大道，那是奢侈品一条街。当时陪我的朋友说这里有家很有品位的男装品牌，是为美国总统定制的，而我却从来没听说过这个名字。第二天，我去了店里，看到的是一个年长的店员。他说，"你看上去像艺术家。"我告诉他，"我不是艺术家，但我收藏一些艺术品，也收藏帽子，因为我是做帽子的。"店员听说帽子，表示他们店也有帽子，就拿了一顶给我看。我看到那顶帽子，摇了摇头说，"Wow，这根本不是你们的调性。"这么说，可能伤害了他的自尊。他马上说，"这可是意大利制造的。"出于礼貌，我没有与他争论。过了一周，我又去了一趟洛杉矶，顺便带了两顶我们自己的帽子去了那家店。老板正好在，还是位设计师。当我拿出帽子时，对方惊叹道，"Wow，perfect！"我告诉他，"这是中国制造。"回到国内，我便收到了他们的订单。其实，这笔业务赚多赚少是小事，令人愉快的是这笔业务带来的自尊和自豪感。所以，只有我们用极致的心把我们的产品做出足够的自豪感，我们才有可能赢得世界的尊重，而这绝不是金钱能够带来的愉悦和尊重。

04

·如何让顶级奢侈品牌惊叹于中国制造·

2016年，我随中国服装协会代表团去法国学习高定与奢侈品管理，行程之一是由顶级奢侈品牌的总经理向我们介绍他们的历史与品牌发展。我想这可是一个很好的学习交流机会，同时也可以很好地展示中国设计与中国制造。于是，经过认真的研究，我们团队用金丝草融入宋锦元素设计了两款帽子。学习结束以后，我们递上礼品，介绍金丝草帽的来历与价值，宋锦的历史与工艺。总经理先生问我如此精细的帽子是不是巴拿马草帽？我回答他，“No！这是我们中国人手工编织的金丝草帽。”他表示非常喜欢，随即便戴在了头上。当我拿出另一顶配套的女款帽时，他很震惊我们做得这么好，表示自己与夫人在度假的时候一定要用上。（同款现在就珍藏在南通市富美帽饰博物馆。）

05

·如何让国外总统签名·

让一个国家的总统为我们签字可不是一件容易的事，但是我做到了。2018年12月，当时的厄瓜多尔总统莱宁·博尔泰雷·莫雷诺·加尔塞斯来中国访问。应厄瓜多尔领事馆的邀请，我们在北京威斯汀酒店做了一个巴拿马草帽的展览，因为厄瓜多尔的巴拿马草帽是厄瓜多尔优秀的非物质文化遗产。我记得在11号下午，总统来了，我发现他坐着轮椅。我在远远的地方看到他时，就立刻向他挥了挥手。可能是现场就我一个人戴着帽子，他也向我挥了挥手，我想有希望了。对我来说，这么重要的一场活动得留下一些印记，所以我就跟一些记者聊天。因为我自己喜欢摄影，跟这些摄影记者也就马上成了朋友。如此，怎样留下影像的问题就解决了。那么，如何让总统给我签字呢？过了一会儿，总统到了会前的休息室。我相信过一会儿他就会出来，果然不到十分钟的时间，总统出来了。我立刻拿了一顶帽子、一支笔，向他做出请他签字的动作。他马上向我招招手，旁边的保安一下子散开，我径直跑过去，那种感觉太棒了！我跟他简单地聊了几句，向他问了好。他很高兴地在我的帽子上签了字，还画了一个非常有趣的图。同时我也向他介绍，“我们为了推广巴拿马草帽写了本书。”他非常感谢我们在推广巴拿马草帽方面做出的贡献，愉快地签了字，也留下了我们的合影。现在这顶帽子就保存在南通市富美帽饰博物馆内。

·后语·

对于一个做企业的人，书能被作家出版社认可并出版，实在是不胜荣幸，我也倍感珍惜。

看别人的书挺容易，但自己写本书还真不容易，如果不是过去十多年的积累，几乎没有可能！所以我深感积累的力量。

我更要说的是，如果没有朋友家人同事的帮助，这本书的出版也是难以想象的。

感谢我的爱人景爱梅女士，感谢你对这些短文随笔的选择提供了很多很好的建议。感谢我的两个宝贝女儿，逸文和景然，是你们的鼓励和支持，才让我有信心去出书。

还要感谢我的同事李芳、陈辉、仵春蕾、吴庆云、印善雯女士，还有赵晓生老师，感谢你们对我的部分文字作的一些调整或润色，从而使内容更完善、用词更精准、表达更确切。

最后我要感谢谢丽君老师和我的粉丝朋友们，你们的点赞和支持一直是我前行的动力！谢谢你们！

孙建华（帽子哥）

2023 年 3 月 11 日永和路 490 号

图书在版编目（CIP）数据

随心琐语 / 孙建华著 . -- 北京 : 作家出版社 , 2023.6
ISBN978-7-5212-2345-3

Ⅰ . ①随… Ⅱ . ①孙… Ⅲ . ①随笔－作品集－中国－当代 Ⅳ . ① I267

中国国家版本馆 CIP 数据核字 (2023) 第 100206 号

随心琐语

作　　者：孙建华
责任编辑：省登宇　周李立
装帧设计：TT Studio 谈　天
出版发行：作家出版社有限公司
邮　　编：100125
社　　址：北京农展馆南里 10 号
电话传真：86-10-65067186（发行中心及邮购部）
86-10-65004079（总编室）
E-mail：zuojia@zuojia.net.cn
http://www.zuojiachubanshe.com
印　　刷：北京盛通印刷股份有限公司
成品尺寸：130 × 185
字　　数：120 千
印　　张：8
版　　次：2023 年 6 月第 1 版
印　　次：2023 年 6 月第 1 次印刷
ISBN 978-7-5212-2345-3
定　　价：45.00 元